文治
© wénzhì books

更好的阅读

我不会写小说

僕 は 小 説 が 書 け な い

〔日〕中田永一 中村航 ——著

伊之文 ——译

南方出版传媒 花城出版社

中国·广州

目录
Contents

从天而降的我

我在图书室里发现了《进入盛夏之门》[1]这本小说，顿时想起，书中那只叫彼得的猫总是在寻找通往夏天的门，便想要伸手去拿那本书。

它就摆在书架最上层。早川文库[2]科幻书系的水蓝色书脊，在书架上一字排开。我身材不够高大，踮起脚尖仍然够不到，还好附近就有一个取书梯。

就用这个好了。我搬来取书梯站上去，老旧的木制取书梯便发

---

1 《进入盛夏之门》(*The Door into Summer*)，是美国小说家罗伯特·海因莱因（Robert Anson Heinlein）于 1956 年发表的科幻小说。书中主角丹尼的爱猫彼得始终相信，家中的某一扇门一定可以通往夏天。此书在日本由早川书房出版，是早川文库科幻书系的其中一册。（以下无特殊标注，皆为译者注）

2 文库本是一种尺寸较小（大多为 152 毫米 ×105 毫米）、方便携带且价格低廉的书籍。

出嘎吱声。当我正要把食指放上文库本的书背顶端时，突然想起爸爸从前说过的话：

"听好了，光太郎，从书架上拿书的时候，不可以用手指钩住书背。那样会让书受伤的！"

当书架上塞满了书，便无法轻易取出书籍。这时要是用指尖去钩，书脊上缘就会破裂。所以，取书时最好把左右两册往内推，牢牢抓住书背，然后把目标书籍抽出来。

我依照爸爸教我的方法，把两侧的书轻轻往内推，借此取出我要的文库本。望着书籍封面，怀念之情油然而生，胸口为之一热。上小学六年级时，我在爸爸的推荐下读了这本《进入盛夏之门》——这是一部以穿越时空为题材的科幻名著。

我随即翻开书页，开始阅读。这故事里的"帮佣姑娘"[1]，不就跟扫地机器人 Roomba 一样吗？这项新发现让我雀跃起来。尽管脚下不断传来取书梯嘎吱作响的声音，正在翻页的手还是停不下来。

嘎吱——年代已久的取书梯，使用期限似乎即将走到尽头。我听到木头断裂的声音，感觉身体瞬间失去了重量。

"危险！"

背后有人大叫。

---

1 "帮佣姑娘"是《进入盛夏之门》中登场的未来科技。

我想转过身，反而让身体失去了平衡。急忙伸手攀向最上层的书本，但这么做终究是徒劳。早川文库一本接一本地滑出书架。

随着我的身体倒向正后方，一堆书也跟着落下。书页像蝴蝶在空中振翅般，啪啦啪啦地翻动。身后传来一阵悲鸣。

又招来了……我顿时领悟。这个老旧的取书梯说不定早就快坏了，却直到刚才都还能使用，一定是我踩上去之后才坏的。

"不幸力"——我拥有招来不幸的体质，而且程度还不轻。

比方说，我曾经在一天内被脚踏车撞上三次；去逛文具店或书店，却被店家误认为小偷并当场叫住；一摸到全新的纸张，往往会割伤手指；去餐厅吃饭时，只有我点的餐忘了做……弄掉月票或钱包也是免不了的，而且还有不小的概率会被吸进排水口。

刚升上高中的第一周，我比自己想象中更快地成为班上的边缘人。个性胆怯的我，又不敢主动和同学攀谈。当我鼓起勇气，正要跟同学说话的时候，小规模的地震竟然发生了，令我大吃一惊。

之所以错过加入社团的机会，也是"不幸力"造成的。校内体育馆举行社团博览会的那一天，我刚好没去上课。确切地说，是我在上学途中跟脚踏车发生擦碰，在那道冲击力下弄掉了月票。本来想在它掉进排水口之前抢先用脚堵住洞口，却不慎一脚把月票踢飞。可怜的月票被行驶在车道上的车子碾来碾去，变得皱巴巴的。意志消沉的我，就此瘫在公园的长椅上动弹不得。

不过，我本来就不打算加入社团，所以实际上怎么样都无所谓。校舍入口旁的布告栏上张贴着各种招揽新社员的传单。足球社、剑道社、天文社、将棋[1]社、排球社、棒球社、摄影社、篮球社……

"这里是文艺的关原[2]！三顾茅庐欢迎新生加入！"

当文艺社的传单映入眼帘，我的内心顿时有些慌乱。高中的文艺社团究竟都在从事哪些活动？传单上画着战国武将的插图，这所学校的文艺社里有历史迷吗？

当我望着文艺社的传单时，察觉到有一道视线自留得过长的头发后方射来。转头一看，身后只有并排放着的鞋柜。

从那天起，我总觉得有人盯着自己，并为此苦恼。在图书室里午休时，感觉有道目光注视着自己的后脑勺；上完一整天的课，在鞋柜前换鞋子的时候也一样。

对了，刚才我走进图书室时也是……

看样子，人就连在坠落途中也会想东想西。文库本犹如蝴蝶振翅一般，对从取书梯上坠落的我穷追不舍……我太过害怕，挣扎着想要抓住什么。

我想起"从天而降"这个词语。在奇幻小说和电影里，有一个

1　将棋，又称日本象棋，是盛行于日本的棋类游戏。

2　关原之战，是指1600年，发生在美浓国不破郡关原（今岐阜县不破郡关原町）的战役，德川家康与毛利辉元两军互相对抗。

这样的类别。某一天，美少女从天而降，出现在过着平凡生活的主角面前。此外，这同时还是个巴别塔[1]神话般的故事。巴别塔朝天延伸，然后崩垮、倒塌，最后人间便有了各种语言。我朝向书伸出手臂。

然后，故事开始了。

"啊啊啊！"

在惨叫声与撞击声的夹杂中，我从取书梯上狠狠地摔向后方。

取书梯没那么高，照理说只会造成轻伤，然而我背后有人试图接住我。那一瞬间，我闻到一股洗发水或护发素的香气。我似乎压到了背后的人，并就此横倒在了图书室的地板上。

"好痛……"

一个女学生屁股着地，被埋在成堆的早川文库里。她的头似乎撞上了背后的书架，一只手正抚摩着后脑勺。

"抱……抱歉……"

1　或称"巴比伦塔"，出自《圣经·旧约》：洪水过后，诺亚的后代居住在不同地方，但说着同一种语言。后来，人们决定修建一座城市和一座能够通天的高塔。上帝看到这座城与塔，认为一样的人说着同一种语言，如此他们就没什么做不到的事了，便将他们的语言打乱，让他们再也不能明白彼此的意思，并把他们分散到世界各地。这座城市被称作"巴别城"，塔即"巴别塔"。

　　我连忙从地上爬起来，并向她道歉，却只发出了含混不清的声音。我应该马上把她扶起来，替她拍掉衣服上的灰尘，然后问她有没有受伤。为了保险起见，劝她最好去一下保健室——我在脑海中这么想，实际上却只能呆愣地低头看着她。从制服上的徽章可以看出她是二年级的学生。

　　这位学姐受到我的"不幸力"连累，却只是保持跌坐在地的姿势，抬头望向我。她的嘴唇一张一合，像是要诉说些什么。她生气了吗，还是在责备我："你压在我身上是在搞什么？"我可以预测，不幸的自己接下来会发生什么样的不幸——我成了一个压在女孩子身上的超碍事大蠢蛋，未来三年的高中生活将会陷入黑暗。此外，八成还会被大家取个"降落男"或"相反巴斯"[1]的外号——然而，眼前的女孩并没有责备我，反而还向我伸出右手。

　　"拉我起来！"

　　她的右手上下挥舞，像在催促我快点握住。我连忙拉她起身。

　　"对不起！"

　　这一次，我终于能够好好说话了。

　　"没关系。不过我脚崴了，没办法走路，你把肩膀借我靠靠。"

1　在动画电影《天空之城》的开头，男主角巴斯伸手去接从天而降的女主角希达，此桥段正好与此处情节相反。

"哦，好。"

"不过，在那之前，先把掉下来的书给收拾好吧。"

"是！"

我这才反应过来，连忙转身搬来另一个取书梯，把散乱的书本放回书架。至于坏掉的旧取书梯，则放在柜台旁边显眼的地方。

"那我们走吧，把肩膀借我。"

等我收拾完毕，她便这么对我说。可是，就算要我把肩膀借给她，我也不知道该怎么做，只能再次愣在原地。只见她不客气地把右手放上我的左肩，另一只手抓住我的手臂，双手在我身上施力。

我仿佛被一股柔中带强的力量引导着，配合着她的脚步，慢慢地走出图书室。不过，看她的神情，总觉得像是要带我去哪里。

"我叫佐野七濑，二年级。"

她看着正前方，报上自己的名字。

我们经由连接走廊，前往教室所在的大楼。

"这条连接走廊有名字的，你知道吗？"

"不知道。"

"它叫'知识之桥'。"

它之所以叫这个名字，似乎是因为它连接了教学大楼及图书室和社会科资料室所在的大楼。打从入学以来，我走过这条连接走廊好几次，却不知道它有名字。不，应该说，我对自己刚入学的这所高中完全不了解。

我和佐野七濑学姐一起走过夕阳照射下的"知识之桥"。学姐小小的手就搭在我的手臂和肩膀上，这股温和的力道，从刚才开始就让我的心微微颤抖。

"从这里直走。"

我不敢看向学姐，她的嗓音却清晰地在我耳边响起。我虽然很紧张，但这并不是怦然心动的反应。我只是送被我弄伤的学姐到保健室而已，我要把自己的注意力集中在步伐上。

"左转。"

我用眼角的余光，瞥到学姐半长不短的头发和侧脸。

"到这里要右转。"

这里是个无论上课或新生训练都没来过的区域。再前进一点，便来到一间写着"实习室 B"的房间。不知为何，学姐在那扇门前停下了脚步。

"好了，我们先进去吧。"

我照她说的，打开眼前的门。门旁有几张长桌，组成了一个正方形，窗边放了一整排电脑。看来这里似乎是电脑实习室。

"你先坐这里。"

我照她说的坐在长桌前。还以为要去保健室，为什么会到这种地方来呢？是要中途休息吗？

"高桥同学，你等我一下哟！"

七濑学姐露出微笑，转身走向墙边的储物柜。她的短裙宛如随风摇曳似的，微微跃动。

"咦？你怎么知道我的名字？"

"你刚刚说过啊。"

"是吗……"

对此，我一点印象也没有。重点是，实习室里只有我们两个人。学姐为什么要带我来这里？难道是打算实习什么吗？可是我们究竟要实习什么？总不会是实习恋爱吧？

"我有一件事要拜托你。"

学姐回来了，脸上的微笑让我怦然心动。跟我班上的女同学比起来，学姐的笑容多了点成熟感。

"高桥同学，请你先在这里签名。"

七濑学姐把纸和笔放在桌上。

"就是这里。拜托你，快点签吧！"

我想要压制加速的心跳，在心里默念着冷静、冷静，然后看向学姐放在桌上的纸张——在上面写下自己的名字，就是我的使命。纸上有一个姓名栏，我拿起笔想签下"高桥光太郎"几个字，却在写下"高"的第一画之后便停下了。

"……这不是入社申请书吗？"

那是文艺社的入社申请书。

"对，我希望你暂且加入文艺社。"

"为什么啊？"

我慌张地四下张望，这才发现教室角落里摆放着一座纸灯般的装置艺术，上面写着"欢迎来到文艺社"，看来是用来招揽新生的。而且，仔细想想，从刚才开始，七濑学姐就能自己一个人正常走路了。

"你不是崴到脚了吗？"

"啊，已经好了。"

"想也知道是骗人的！"

看来，这个人假装没办法走路，目的是把我带过来。

我害怕起来，决定先逃走再说。当我朝着门把伸出手时，七濑学姐抓住了我的手。椅子发出嘎吱嘎吱的声音。

"等一下！请你听我解释！"

"我、我不要！"

"我都看到了！"

"看到什么？"

"我看到你在看文艺社的传单，就是贴在布告栏、用来招揽新生的传单。高桥同学，你在犹豫要不要加入文艺社，对吧？"

"我才没有犹豫呢……"

之前发生的几件事，在脑海中串联了起来。我感觉到的神秘视线，原来是来自这个人。当我从图书室的取书梯上坠落时，她并不是碰巧在附近。

虽然她很像跟踪狂这点让我感觉有点恶心，但我同时也有这样的想法：取书梯坏掉的时候，这个人马上就冲过来撑住我。脚崴伤是骗人的没错，不过她当时的确想要接住我。那么，也许她并不是那么坏的人……

"对不起，我骗了你。可是，我真的很想跟你聊聊……"

七濑学姐放开我的手，低头道歉。我有点犹豫，但还是决定听她说说看。我们在排成正方形的长桌前夹着桌子边角而坐。

"这里是文艺社的社办兼活动据点。"

根据她的说明，这间实习室除了用来上课，放学后就是文艺社的活动据点。窗边的整排电脑有三十台左右，我猜社员人数也差不多是这个数字。实际上，并非如此。

"由于社员人数减少，现在文艺社正面临存亡关头。等三年级的社员毕业之后，包括你在内，我们的社员就只剩下三个人了！"

"你竟然直接把我算进去了……"

"高桥同学，如果不把你算进去的话，文艺社就要倒了，情况危急啊！"

　　七濑学姐露出忧心的表情。她一定对文艺社很有感情吧！因此，她才会监视看着文艺社传单的我，伺机拉我入社。

　　"话说回来，文艺社都从事哪些活动呢？"

　　"放学后，我们会聚集在这里，写小说、诗或书评。虽然有时候也会闲聊消磨时间啦……"

　　既然文艺社是在放学后活动，说不定其他社员很快就会来到这里。要是被一群社员团团围住，用强迫的言辞逼我入社的话，我肯定拒绝不了。我必须在那之前开溜才行。

　　"请问，学姐你也在写小说吗？"

　　我稍微起身，维持着半蹲的姿势问道。

　　"没有。我是因为想当编辑，才待在文艺社的。我喜欢协助创作者，像帮忙校对，或是把学长、学姐的原稿读上好几遍，检查有没有错字或漏字，便于他们投稿获奖。除此之外，我也会帮忙收集资料。除了学校的图书室，我还会跑遍附近的图书馆，借来跟小说有关的书籍。"

　　七濑学姐说着，双眼瞬间绽放光芒。听到这些话，我的心情变得很复杂。在这所学校里，有人正在写小说。从前我的周遭没有这样的人，既然这里有，我真想见见对方并跟他们聊聊。不知道他们都是怎么构筑故事的，用什么软件写作，是直书还是横书，有哪些文字编辑软件支持直书，是免费软件还是付费软件。然而，与此同时，我心中却也萌生出再也不想听到这些话题的念头。

"高桥同学。"

"什么事？"

七濑学姐把身体前倾到长桌上方，窥探我的表情。

"我有一种直觉，你是不是对写小说很有兴趣？"

"怎么可能？我才没那种兴趣，也从来没写过。要是写了那种幼稚的东西，我一定当作没这回事！"

我竟然对文艺社的人说这种话，实在太失礼了。这就跟对篮球社的人说篮球根本没有意义一样。不过，学姐听了没有不高兴的样子，只是静静地说：

"如果你不想写小说的话，也没关系，只要暂且加入我们社团就好。这样文艺社就得救了！"

七濑学姐用强而有力的眼神看着我。她该不会是看出我在逞强了吧？

"呃……我先回去了！"

我把目光从学姐身上移开，站起身。这一次她没追来。我丢下七濑学姐，逃离实习室 B。

电车一路摇晃，当我在离家最近的车站下车时，天色已经暗了下来。我走出车站，在住宅区的小巷里散步。成排的路灯星星点点地亮起，前方遥远处有个很像爸爸的人影。那轮廓是身穿西装、正在下班途中的爸爸——不，那真的是爸爸的背影吗？我越来越不确定了。很快地，那个人影便逐渐远去。

我之所以开始读小说，是受到爱看书的爸爸的影响，《进入盛夏之门》就是一例。他曾推荐给我各种各样的书籍，彼此之间也会分享读后感。不过，那些都已经是多年前的久远记忆了。

我迈着沉重的脚步，回到位于住宅区一角的家。爸爸为了家人，贷了三十五年的款盖了这座独栋楼房，它现在正无言地迎接我回家。爸妈死后，这栋房子和这块地会由谁来继承呢？是我吗，还是弟弟飒太？

一打开家门，就看到除了我，所有家人的鞋子都摆齐了。妈妈的自然不用说，爸爸的鞋子也在，看来弟弟也回来了。要把自己的鞋子跟他们的摆在一起，总是令我有些踌躇。

"新生实在踢得太烂了，但这样反而更好笑！"

刚升上国二的弟弟飒太正在餐桌旁以很快的速度说话。我在老位置坐下并双手合十，在心里说声："我开动了。"

"我让他们练习射门，结果他们把球踢得老高，根本踢不进嘛！那些家伙真的没问题吗？去年我还踢得比他们好一点呢！"

"飒太，吃饭的时候不要一直讲话。还有，你也别老是吃肉，南瓜之类的蔬菜也要吃啊！"

"不过，那个想当守门员的新生搞不好比青木还强，青木要是被他抢走正式球员的位置就惨了！另外，也有人踢球很烂，就只好用身体托球。"

我跟个性纯真的飒太从小感情就很好，但飒太是足球社的，还有好几个女孩跟他告白，无论是外表还是个性，我都跟他天差地远。假如我们是同班同学的话，应该会分属两个截然不同的圈子吧。

"光太郎呢？学校怎么样？"

妈妈把话题转向我，爸爸也默默看向我。飒太则是一派天真地大口吃肉。

"没什么，很普通。"

我知道自己的态度很冷淡。

"这样啊。"

妈妈没有继续追问。其实她也已经察觉我无法好好跟她说话了，不过表面上还是装出没事的样子。

"你加入社团了吗？高中应该有很多文化活动吧？"

爸爸用沉稳的语气问道。

"社团？我不可能加入啊。"

我有气无力地回答。换作两年前一无所知的我，大概会把今天发生的事编得好笑又有趣，然后向爸爸报告吧。

"我现在正在练习用内脚背踢球！"

飒太又开始聊起足球。与此同时，电视上正在播出综艺节目，主持人说了一句逗趣的话，惹得观众和来宾哈哈大笑。当我漫不经心地看着电视时，一句提及"O 型男性"的话突然传进耳中。

一瞬间，我几乎快要喘不过气，并感觉爸妈之间的气氛也为之一变……我好想抹除自己的存在。尽管电视上的血型话题没几句便宣告结束，马上换了新的话题，但我在这之后便食不知味。

"右边是没问题，但左边嘛……"什么都不知道的飒太继续谈论足球。

我觉得自己的耳朵四周发烫起来。为了盖住耳朵，我开始留长头发。不过，耳朵当然不会因此消失。

前年，我参加了堂哥的结婚典礼。那时候，伯父用开朗的语气说："又一对 O 型夫妻啊！"看来，那对新人都是 O 型。

如果父母的血型都是 O 型，子女一定也是 O 型。据伯父所说，爸爸的家族清一色都是 O 型。我心里觉得奇怪，但当下仍然保持沉默。

我听说爸爸的血型是 B 型。

妈妈是 A 型，弟弟也是，而我则是 AB 型。小学时，我得了一场重感冒，当时请人验过血，所以我一定是 AB 型，没错！

如果爸爸是 O 型，就不可能生出像我这样的 AB 型小孩。

我若无其事地询问祖父母，他们两人都是 O 型。也就是说，爸爸果然还是 O 型。虽然爸爸也可能不是祖父母亲生的儿子，然而爸爸和祖父母的长相几乎一模一样，像到连亲戚之间都会拿来调侃。

尽管我觉得不可能有这种事，还是突然不安起来。爸爸实际上是 O 型，却一直谎报血型？这是为什么？我对着镜子，盯着自己的脸看。

曾经有人说我的长相有母亲的影子，但仔细看看，就发现自己跟爸爸不怎么像。然后，我又想起伯母对弟弟说过的话：

"耳朵的形状会遗传哟！"

爸爸有三个兄弟姐妹，每个人的耳朵上端都微微向后反折。这个特征不但遗传给我弟弟，我的堂兄弟们也个个如此。可是，镜子里的我没有这项特征。

家里有很多我出生时的照片，里面有爸爸、妈妈，以及刚出生的我。就连光太郎这个名字也是爸爸给取的，来自他喜欢的诗人名字，还有着"希望这孩子受到光的祝福"的含义……可是，为什么？

我反复阅读血型书，苦闷地度过了一个多月。

"你是怎么了？最近都没有食欲，脸色也很差啊！"妈妈问了我好几次，我终于下定决心开口询问她。

"爸爸是什么血型？"

"……是 B 型。"妈妈回答的声音有些颤抖。当我继续追问"可是祖父母都是 O 型啊"之时，妈妈便哭了出来——这就是她全部的答案。虽然过去她一直隐瞒，但看来我并不是爸爸亲生的小孩。之后，我又向爸爸询问真相。

至少，我是妈妈亲生的没错，真正的父亲却另有其人。虽然我并没有听到"外遇对象"或"前男友"这类具体的词汇，但似乎就是这么一回事。爸爸不但知情，还决定让我出生，抚养我长大。他说，为了避免血型泄露我出生的秘密，就对我和弟弟谎称自己是 B 型，而我真正的父亲，则不知身在何方。

这个过于沉重的事实，让还只是个中学生的我打从根基开始动摇。我本来想要离家出走，都已经将换洗衣物塞进包包……不过，我没有亲近的朋友，根本没地方去，只好死了这条心。

从此以后，我和爸妈就一直维持着这种尴尬的关系。我的个性变得比以前更阴沉，经常无精打采。即使爸妈带着开朗的表情跟我说话，我的内心一角也对此感到恶心。完全不知情的，只有飒太一个人而已。

"下次比赛的时候，我说不定会当上正式球员哟！"

妈妈点点头，爸爸则回以"这样啊"。弟弟身上确实流着爸妈的血液。相较之下，我这条命并不是在爸妈期望下诞生的。我的"不幸力"，或许就是因为母亲外遇所造成的诅咒吧。

"不过，在三年级退社之前，我就顶多分配到守备位置了。"

餐桌上，弟弟的足球话题依然持续。

隔天的午休时间，我跑到学校的电脑教室去。电脑教室的外墙是玻璃帷幕，从走廊上可以把室内的情况看得一清二楚。教室里摆了五十台左右的电脑，学生们可以自由使用这里的电脑作报告或浏览网页。我用浏览器开启云端储存服务，输入账号和密码，打开保存在服务器上的文档。

显示屏上是满满的文字。换算成四百字稿纸的话，大约有四十张吧。它原本应该是一部长篇小说，然而只完成了开头。它的作者就是我。两年前，我兴起写小说的念头，凭着热情开始撰稿，却在中途放弃，原稿就此半途而废。

这是一个发生在异世界的奇幻故事。

主角是村子里的平凡少年。

他崇拜身为冒险家的父亲，因而踏上旅程。

他遇到志同道合的伙伴，解决了几起事件，并且和怪兽战斗。经历许多冒险之后，他将在最后把世界从危机中拯救出来。

我当时很喜欢奇幻题材的作品。例如，当我看到第五代《勇者斗恶龙》的主角变成奴隶，被迫从事劳动的场景时，便觉得他跟自己的身影重叠，因而热泪盈眶；当主角石化的时候，还因忍不住担心后续将如何演变而惴惴不安。

可是，当我笔下的主角准备好踏上旅程，向母亲告别，终于从村子出发时，我的小说也在此停摆。其中没有任何像样的冒险情节，写作就此中断，也没有重新开始的打算，仿佛连故事本身都石化了。

我望着原稿，脑海里却想着家人。我的阅读体验和写作动机跟家人有直接的关系。比方说，是爸爸让我体会到阅读的乐趣，他会配合我的年龄、阅读经验和嗜好，推荐下一本书给我。此外，上中学二年级时，是妈妈教我使用文字处理软件撰写小说。她过去从事事务工作，很擅长操作电脑。我原本还打算小说完成之后要拿给飒太看——弟弟开心的表情也是我写作的动机之一。我之所以无法继续撰写小说的后续，跟我与家人之间的联结断裂也不无关系。

耳边传来叩门声。从电脑显示屏抬起头一看，七濑学姐正站在走廊上，用中指关节敲着电脑教室的玻璃墙。我和她视线相交后，她便走进教室。

"你在做作业吗？不快点去便利店的话，猪排三明治和咖啡牛奶就要卖完了。"

七濑学姐在我旁边落座，我立刻关闭了显示屏电源。

　　她怎么知道我要买猪排三明治和咖啡牛奶？这个疑问大概写在我脸上了。

　　"我就像个名侦探吧？"七濑学姐说。

　　我这才想起，她这几天一直都在观察我的行动。害怕脱离现状的我，每天都吃相同的食物。

　　"昨天真是抱歉，其实我并不想用那种方法拉你入社的。"

　　"没关系。我就是吓了一跳。"

　　"我决定邀请其他人加入文艺社。你有没有哪个朋友可能会加入文艺社？啊，对不起……你没有朋友吧？"

　　"你为什么要道歉啊？反正我就是没朋友啦。你观察过我，应该知道吧？"

　　"哎呀，比起那个，刚才我稍微瞄到你的显示屏画面——那是篇文章吧？"

　　学姐的视线望向电源关闭的显示屏。

　　"我在写报告。"

　　"让我看看。"

　　学姐一副想打开电源开关的样子，我赶紧伸手遮住按钮。她缓慢地双手交抱，对我投以怀疑的眼神。

　　"写报告基本上都是横书吧！可是，刚才的档案却是直书排版。在写小说的人当中，有些人不用直书的话就提不起劲儿。"

我穷于回答。七濑学姐继续说：

"你说你没写过小说，是骗人的吧。你什么时候开始写的？"

我投降了，决定向她坦白。

"十四岁，上中学二年级的时候。不过我已经不写小说了。"

"为什么？"

妈妈哭泣的表情瞬间闪过脑海。那是在我追问血型真相那天的事。从那天起，我的故事就中断了。我陷入沉默，七濑学姐又说：

"我想看，让我看！"

"不要，我正想把服务器上面的资料删除。"

"为什么？"

"不删除的话，就不算真正放弃写作了吧。"

"你要放弃？既然要删除，让我看一下有什么关系呢？"

"那样太丢脸了吧！那可是中学生写的幼稚文章啊。而且，只写了开头就没了。再说，我也很怕让其他人看到。"

"怕什么？怕别人说你的小说不好看？可是，你不是不想再写小说了吗？既然如此，无论别人怎么批评，你反而能够干脆地放弃，不是吗？"

"是这样没错啦。不过，学姐，当你读了我的文章，不就能窥视我的内心，知道这家伙平常都在想些什么吗？那样太丢脸了！"

"所以我才想看啊！"

她用意志坚定的眼神正面直视着我。

"这样一来，我就可以了解你了。我想了解你。"

这时，七濑学姐突然露出惊讶的表情，望向电脑教室门口。

"啊！"

她脸色苍白，仿佛世界末日即将来临。发生什么事了？我沿着她的视线转过头去，但并没有发生什么特别的事。

咔嗒，我听到显示屏电源键被按下的声音。七濑学姐说：

"真没想到有人会被这种老套的招式骗到。"

文章显示在了发亮的显示屏上。学姐很快地用鼠标滚轮滚动页面，检视这份文件的大概字数。

"……好吧，我投降。请你看完后，告诉我感想。其实我并不愿意给你看，但实在拿你没办法。"

我败给了学姐的强势。不过，或许我其实还是想让别人看看我的小说。虽然它并未完成，不过说不定我还是想听听客观的评价，想知道自己写的东西到了哪个程度。

我用电脑教室的打印机打印原稿，注销账号并关闭电脑电源。学姐当场读起打印在 A4 纸上的小说。我无法忍受别人在我面前阅读自己写的文章，便离开了电脑教室。

便利店的猪排三明治和咖啡牛奶已经卖完了。无可奈何之下，我买了红豆面包坐在长椅上吃，却吃得索然无味。心情因为紧张而

怦怦跳个不停。我真不该让学姐读自己的小说。后悔的念头就这样
闪过脑海。

我看了好几次时间。学姐差不多快要读完了吧？她会说出怎样
的感想？虽然我不想听，却不得不听。我从长椅上站起，朝着电脑
教室走去。

我慢慢爬上楼梯，沿着走廊前进。脚步和心情都无比沉重。一
想到七濑学姐正在读我写的小说，便觉得无地自容。学姐究竟是带
着什么表情阅读我的小说的？

她也许会瞧不起这种有着宝剑与魔法的奇幻小说，也许会认为
这种东西不能算是小说……缺乏社会性，脱离现实，好像在哪里读
过的，毫无新意，文笔很差，结构松散，好难看，人物描写不足，
无关紧要，不值一读，缺乏志向，自我满足，恶心，极为幼稚，你
几岁了——个性悲观的我，可以想到无数个自己小说会得到的负面
评价。走向学姐的脚步立刻停了下来。

当我正要走过"知识之桥"时，耳边传来学生们吵闹的声音。
其实，我也可以选择就此不去找七濑学姐。

因为我根本不打算继续写小说，也不打算加入文艺社。七濑学
姐只是不希望文艺社遭到废除，才邀请我加入的。尽管她对我说
"我想了解你"，但她八成对任何人都是这么说的吧。

几个男女学生聊着天，从我身旁走过。他们开心地互开玩笑，

完全没注意到我正站在走廊的一角。

　　自从升上中学，我就是个很不起眼的学生。没人对我感兴趣，我经常像小石头一样遭到无视。虽然也不是没有说话的对象，但也只是当全班人数要以六或七为除数分组时，和我一样多出来的人，而我们也只是保持着若即若离的距离互相依赖而已。

　　然而……

　　当时的我在写小说。

　　那时候，我抱着雀跃的心情编织着文字，一心想要创造出"只属于自己的星球"。我用自己小小的脑袋瓜创造出浩瀚无垠的世界，埋头沉迷其中。我想要一边敲着键盘，一边和主角一起远行。我创造自己的世界，并且希望有人阅读……当时的我，一定是这样期望的。我想和别人分享自己创造的世界。即使只是片刻也好，我想和那个人一同踏上旅程。

　　想到这些，我的双脚自然而然地动了起来，朝七濑学姐走去。

　　我不断提醒自己"别抱持期待"。像我这样悲观的人，就像洋葱似的包裹着无数层皮。期待越大，失望也就伤得越深，越发沮丧消沉。所以，我告诉自己不能期待，并生长出更多层皮。一直以来，我都是如此保护自己的。

　　转个弯就到电脑教室。我望向玻璃墙内，寻找七濑学姐的身影。回过神来才发现，午休时间已经所剩不多了。学姐还留在刚才的原地，手边正翻阅着我的小说。

不知为何，我一步也前进不了。

紧张、害怕、难为情和无地自容的情绪笼罩着全身。但除此之外，我逐渐察觉还有某种不知该说是陶醉还是喜悦的东西，一直深植在自己体内。

唰啦。唰啦。唰啦。唰啦。唰啦。唰啦。

洋葱般的外皮一层一层地剥下了。为了保护渺小的自己而生成的无数层外皮，逐渐从我身上脱落。那是在我得知身世的秘密，放弃写小说之后增加的外皮。然而，在层层堆叠的外皮最深处，还残留着"期待"。其实，我心里还残留着期待的心情——对自己，以及自己所创造的世界。·

玻璃墙对面的时光静静地流逝。过了一会儿，七濑学姐似乎把小说读完了，抬起头来并做出叹气般的动作。她的表情看起来像是在思考些什么，也像是没有任何感觉。读了我的小说之后，七濑学姐在想些什么呢？

正因为我那么期待，与之相当的恐惧感便朝我袭来——这部小说糟糕透顶，完全缺乏社会性。要是没看就好了。把我的宝贵时间还给我！把我的宝贵时间还给我！把我的宝贵时间还给我！

这时，宣告午休时间结束的钟声响起。七濑学姐似乎回过神来，身体动了一下。当她对上我的眼神，便露出惊讶的表情。宛如背景音乐的钟声结束，手上拿着印刷原稿的七濑学姐站了起来。

我逃跑似的冲回自己的教室。

发现那个信封时，是在我回到家、吃完晚餐、洗完澡，在自己的房间里陷入自我嫌恶，还剩几十分钟就要到零点的时候。我打算准备明天上课要用的东西而打开书包，却发现书包里放了一个陌生的信封。我紧握着信封，像笼子里的熊似的，在房间里走来走去。

怎么回事？这到底是怎么回事？

信封正面写着"致高桥光太郎同学"和"佐野七濑"两行文字。这一定是七濑学姐写给我的信。可是，她究竟是什么时候放进我书包里的？

我有点认真地怀疑，学姐该不会是忍者吧？不但从事谍报工作，还会笼络人心。她的举止与其说像名侦探，不如说更像忍者。也可能是因为"女"这个字的笔画，所以人们才把女忍者称为"くノ一[1]"，但这种事根本无所谓。雕刻刀的刀尖分为"く"形、"ノ"形和

1　在日文中，"くノ一"为忍者的暗语，意即"女忍者"——是将"女"字拆分为三画"く""ノ""一"，由此而来。第一字为平假名，第二字为片假名，第三字为汉字。

"一"形，刻在木板上就成了"くノ一"三个字……但这种事就更无所谓了。

　　我一直提不起勇气看信，只是握着信封在房间里走来走去。但这封信却又不能不看。既然是七濑学姐写的信，内容肯定是小说的读后感。午休时间结束时，我逃离了电脑教室。在这之后，我完全听不进上课的内容，满脑子只想着该怎么办才好。不管怎么说，逃走都太幼稚了。放学后，我心想去图书室或许可以见到学姐，不过去了没看到人。虽然有想到还可以去作为文艺社活动据点的实习室B，但我还没有那么大的勇气。然而，这封信却在不知不觉中出现在我的书包里。

　　信封的封口上，贴着一张四叶草造型的小小贴纸。做好心理准备的我撕下贴纸。信封里放着几张信纸。

　　好，稍微休息一下吧！我跑去厨房喝口水，然后坐在床上听深夜广播节目，又玩了一下手机游戏，等到零点之后，才再次拿起信纸。这时，我心里产生了一个念头。

　　……信上应该不会写着太尖酸的感想吧。

　　七濑学姐应该希望我加入文艺社。既然如此，为了不让我疏远文艺活动，就算我的小说非常差劲，她应该会使用裹着糖衣般的措辞，委婉地写下感想吧。她说不定还会称赞我，好让我涌起写作的欲望。早知如此，我就会更努力地表现出自己是受到称赞就会成长的类型了。好了，放轻松来读信吧！

致高桥光太郎同学：

　　谢谢你今天让我看你的小说。我本来想要直接告诉你我的感想，但因为你逃走了，我便决定用信件传达。高桥同学，你的小说实在让我大吃一惊！文笔未免太糟糕了，读到头都痛了起来，连要忍住呕吐感都很吃力。我只读了几行，就在心里想：把我宝贵的时间还给我！

　　还没读完信件内容，我便当场跪坐在地。学姐，你也未免太快就要我还你时间了吧！我闭上眼睛，忍耐着一波波朝腹部袭来的打击感。忘了吧！逃避现实吧！我对自己说。

　　我在脑海里回放前阵子吉祥物们在综艺节目上跳绳的画面。有一只吉祥物不小心钩到绳子而跌倒，里面的人从头套底下露了出来，其他吉祥物便全部集结起来组成一面墙，防止摄影机拍到里面的人——多么令人心安的情景啊！拜此之赐，我在精神上受到的伤害逐渐消散。虽然不想，但我还是决定往下读。

　　高桥同学，你说你是在中学二年级时撰写这部小说的吧？既然如此，那就不奇怪了。

　　像这种惨不忍睹的文章，在现实社会中就称为"中二病"。小说中用来描述太阳下山的形容词特别令我难忘。文中写道："红色光芒沉下地表，夜晚的幔帐展开双翼，把世界深深覆盖在黑暗的怀抱中……"我对此嗤之以鼻。同样意思的表述出现了三次啊！你能想象，在日落时读到这种句子的读者是什么样的心情吗？我认为，使用精简易读的文句会更受人欢迎。

　　我在脑海里向吉祥物们求救，但它们只是对满身疮痍的我摇摇头。的确如此，要它们抚慰我的心灵已经太迟了。我想向学姐说：这也是无可奈何的吧！当时才上中学二年级的我，真心觉得那种文句很帅气啊！

　　当然，我认为使用许多雕琢过的文句来写小说是一件好事。虽然我前面写着读到想吐，但那是开玩笑的。高桥同学，你的小说里还有好几个缺点，例如，对话太冗长、登场人物的特色没有做出区隔，以及看不出哪句台词是谁说的，等等。另外，原本是第一人称，却突然变成第三人称，这会让阅读的人感到混乱。错误的语法也频繁出现，让我读到一半就想要放弃。不过，幸好我还是读完了。

　　小说中，主角即将踏上旅程，向家人告别的一幕，令我感动落泪。先前对那些装模作样的文句所产生的不快感，也因此消失无踪。

我感到，其中所描写的少年心境，有着人类共通的情感。我并不是为了拉你入社才称赞你的。如果真是那样，我就不会指出你的缺点了。我是这样想的：不管一部小说有多少缺点，只要有一句话能够打动人心，那就是好的小说。以上是我的感想。谢谢你。

翻到最后一页，是一张白色的纸。那是只点上"高"字第一笔的入社申请书。在顶端的空白处，有着学姐留下的潦草字迹。我决定不去看那一行字，把纸揉成一团丢进垃圾桶，然后重重地把身体甩在床上。

我竖起耳朵，便听到弟弟的房间传来说话声。他似乎正在跟谁打电话。对象会是朋友，还是女朋友呢？

学姐的读后感让我很混乱。虽然大部分都是尖酸的评论，但最后仍有救赎。我回忆起在中学二年级时，那一段沉迷于写小说的日子。我在床上翻来覆去，最后总算从床上爬起来，捡起垃圾桶里被揉成一团的入社申请书。我摊开它，把折痕抚平，盯着学姐那行潦草的字迹。

你还想继续写小说吗？

我当然还想继续写，可是写不出来啊！我想这样对七濑学姐说。

当我决定要写小说时，真的充满了干劲。那是我人生中第一次主动奋发向上地去做一件事。然而，我的故事没多久就中断了。

原因在于，我和爸妈之间的关系改变了。此外，跟自己的身世也不无关系。我的阅读经验和写作动机都来自家庭，当我感觉自己跟家庭的关系断绝时，也同时失去了创作故事的能力。

但是，如果有办法可以克服这些个人障碍，顺利编织出故事的话……

如果可以向谁请教写作方法的话……

小说的写法

午休时间，顶楼只有我一个人。我一边吃着在便利店买的猪排三明治，一边眺望着远远流向大海的运河。利乐包装的咖啡牛奶喝到最后时，发出像死前喘息般"咝咝咝"的声音。

昨天晚上，我睡不着，心里一直在想：我还想继续写小说吗？现在的我，还写得出小说吗？

当我什么都不知道，还只是个天真的孩子时，我就很喜欢编造幻想的故事。跟弟弟玩超级马里奥时，我会想象游戏里的外在世界和小配角的成长经历。玩完游戏后，便把自己的想象告诉弟弟。例如，可怜的栗宝宝三兄弟其实很崇拜马里奥兄弟，却总是被当成踏脚石，或是有一只乌龟的实力其实比库巴魔王还要强，但它深藏不露，等等。

我还幻想过一个机器人科幻故事，名字就叫作《追忆的神鹰》[1]，然后画上武器，将自己幻想的设定写成笔记。弟弟把那些笔记带到学校后，似乎因此大受欢迎。那些明明只是把设定条列出来的笔记而已，根本不能算是小说，但他们拜托我再多写一点，再写后续情节……不过，这是小学时的事情了。

我还想继续写小说吗？

如果决定继续写作，我就必须面对自己过去一直掩盖并逃避的事。放弃写小说之后，我生出好几层外壳并躲在里面，再也不对任何人打开心房。因为不想被人讨厌，也不想受伤，导致我的防备心越来越重。这样的自己，如今还写得出来吗？个性悲观、文笔欠佳，只拥有"不幸力"的自己，怎么可能写小说呢？

顶楼上吹起强风，为了遮住耳朵而留长的头发随风飘动。与此同时，背后传来"咔嗒"的声音。我站在栅栏前面俯瞰运河，背后是通往顶楼的铁门，大概是有人打开了铁门。会在午休时间特地跑来这种地方的人只有我而已，如果说还有其他人会来，顶多就是想

1　此处原文为"エアレイザー"，可能为致敬科幻动画《变形金刚》（*Beast Wars: Transformers*）的角色エアレイザー（Airazor），中文译为"神鹰"。

要取我性命的忍者吧……

"这阵风真棒！"

我往后瞥了一眼——果然是忍者女孩七濑学姐。

"……你是什么时候把那封信放进我书包的？"

"放学后，你不是把书包放在图书室的桌子上了吗？"

站在我身旁的七濑学姐，在微弱的阳光下眯起眼睛，她那色泽明亮的头发随风飞扬。她说不定正在把头发留长，但我觉得还是短发比较适合她。

"对不起，信上言辞刻薄，因为我想要写下真心话。"

"我知道啦！"

我从制服内袋里拿出一张皱巴巴的纸。

"总之，我先加入文艺社。"

昨天晚上，我夜不成眠。当天空开始泛起鱼肚白时，我写下了"高"字那一点的剩余部分。学姐接过写有我姓名的入社申请书，露出了微笑。

放学后，当我一打开实习室 B 的门，便听到一声"呜呀"的惊叫。一个男学生背对着门口坐着，睁大了眼睛转头看着我。他那惊愕的表情，我似乎在楳图一雄[1]的漫画里看过。

"请问……发生什么事了吗？"

他的嘴巴像金鱼在水面上呼吸般一张一合，却没有出声。

"我可以坐下吗？"

他点了点头。我有些不知所措，但还是绕过定格不动的他，走到会议桌一端。我不知道该聊什么才好，跟他大眼瞪小眼地看了好一会儿。

"咿呀啊！"

男学生再次发出惊吓的声音，把我也吓了一跳。我看向男学生转头的方向，原来是七濑学姐正开门进来。

"啊，是高桥同学！对不起，我迟到了。大家很快就会来了。"

七濑学姐站在依然保持惊吓表情的男学生旁边。

"我来介绍一下，这位是二年级的铃木润同学，他正在写恐怖小说。"

铃木学长用一副提心吊胆的模样向我行礼。当我回以"请多指教"的时候，门再次打开，铃木学长又发出怪叫。

进入室内的，是一个戴着眼镜、身材高瘦的女学生。

"啊，副社长！"

---

1   楳图一雄是日本的恐怖漫画家，代表作《漂流教室》。

"哦哦，他就是你说的那个？"

"对，一年级的高桥光太郎同学。"

"然也！"

……我刚刚好像听到了武士语？或许是错觉吧。

"我是副社长水岛美优，请多指教！"

"啊，请多指教！"

我低头行礼。水岛副社长嘴角上扬，坐在七濑学姐旁边。

"终于有新生了。七濑，干得好！"

"是啊，我拜托了他好多次呢。"

"那还真是七访栗原山，连三顾茅庐都要大吃一惊了！"

"嗯嗯，就是说啊，我懂我懂。"

七濑学姐把头前后摇动，不知道是真懂还是假懂。

"请问……"我终于出声，"刚刚说的七访栗原山是什么？"

"你想知道吗？"

"对。"

"然也！"

这或许是我的错觉，但刚才又听到了武士语。在七濑学姐皱起眉头的同时，水岛副社长开始说了起来：

"'七访栗原山'是后来的太阁秀吉[1]劝说竹中半兵卫[2]担任其军师的逸事。秀吉欲聘半兵卫为军师时，犹如《三国志》里的三顾茅庐一般，数度亲自前去拜访。依中国史书《三国志》记载，蜀国的开国君王刘备为了延请诸葛亮担任军师，跳脱了位阶有高低之分，三度亲自前去拜访诸葛亮，这就是三顾茅……"

"呜呀！"

铃木学长的怪叫声打断了水岛副社长的话。我朝门口一看，扎着两条辫子的女学生正开门进来。她的个子比我矮，但从徽章上来看，是三年级的学姐。

"这位是新加入的高桥光太郎同学。"

"哎呀，是男生啊。我是中野花音，请多指教。"

中野学姐轻轻点头，用观察的眼神盯着我。

"这样子，就只剩下井上社长了。"七濑学姐说。

看来，文艺社是由三个三年级学生、两个二年级学生，以及我这个唯一的一年级学生所组成的。

"请问，井上社长是个怎样的人？"

---

1 丰臣秀吉将关白与丰臣政权家督之位让给了养子丰臣秀次后，自称太阁。此后太阁成为丰臣秀吉的专称。
2 竹中半兵卫，即竹中重治（1544—1579），一说名为"重虎"，通称"半兵卫"，死后法名为"深龙水彻"，日本战国时代的军师、武将。

"他很熟动漫和轻小说，有名到连附近的高中生都知道。还有就是超迷配音演员，迷得不得了。不过，拥有擅长的领域，就像弁庆善用薙刀、龙马爱用手枪一样吧！[1]"

"呜呀！"

铃木学长再次发出怪叫，这似乎已经成了惯例。这一次，走进实习室的是一个戴着眼镜、表情和蔼可亲的男学生。

"你就是新生吗？请多指教，我是社长井上，跟我们一起复兴文化吧！"

井上社长突然要求跟我握手。然后，他面露微笑地坐下，脚却撞到了椅子，先是大喊一声"好痛"，接着又低喃着"要是《替身》[2]就死了"这样意义不明的话。

我才刚刚来这里，就立刻不安了起来。包括井上社长在内，每个社员都有自己的世界观——或者说太有世界观了，让我觉得自己无法与他们融洽地相处……我能跟他们心意相通吗？

"那就开始吧！"

1　弁庆，即武藏坊弁庆（？—1189），平安时代末期的僧兵，为武士道精神的传统代表人物之一。龙马，即坂本龙马（1836—1867），日本幕府末年的维新志士。
2　《替身》是绫辻行人的小说，后来改编为动画。在《替身》的世界里，即使只是一件小事，都有可能造成人物死亡。

由社长主导的会议突然开始了。令我惊讶的是，他们竟然要在明天为我举办一场欢迎会，会议主题就是这个。他们一边偏离正题，一边决定好时间、地点和要买的零食。尽管细节转眼间就敲定，已经没有事情要讨论了，但社员们还是继续聊天。没有人提起关于小说的话题。

我小声地问七濑学姐：

"请问，有关小说的问题，要向谁请教最好呢？"

"这个嘛……"

七濑学姐拿出手机，站了起来。我跟着她走向窗边。

"我们有一个已经毕业的学长叫原田。我发短信给他，请他来参加欢迎会。"

学姐站在窗边，开始打起短信："他很了解小说的写法。"

日光灯闪了几下便亮起。室内被白色的灯光照亮，窗户上映出我们的脸。

文艺社的学长、学姐们终于停止聊天，各自从窗边成排的台式电脑中占据自己喜欢的座位，然后键盘的打字声便纷纷响起。他们似乎正在撰写自己原创的小说，这还是我第一次看到别人正在写作的情景。

"高桥同学，你也可以自由使用这里的电脑，不过只能再待一个小时了，如果待得太晚，负责巡逻的老师会来赶人。"

　　尽管七濑学姐这么说，但我现在仍然提不起心力面对小说。中断已久的创作，没那么容易再度开始。老实说，我很害怕。我想写作，同时也害怕写作，心情有如在黑暗中前进般不安。

　　"我的话，直接开始写那部小说的后续不太好吧？今天才第一天，应该从更简单的事情开始……"

　　当我正想提议今天姑且先玩个扫雷时，七濑学姐点点头。

　　"有道理。那部小说文笔那么烂，要是就这样继续写下去，阅读的人就头痛了，不管吃多少止痛药都不够。"

　　"那个……我可以填退社申请书吗？"

　　七濑学姐把我的话当成耳边风，从塞满文艺社备用物品的储物柜里，抽出一本深绿色封面的中公新书[1]。

　　《理工科的作文技术》，木下是雄著。

　　"这是什么？"

　　"这是一本教人撰写理工科论文的写作指南。"

　　我接过那本书，却不知如何是好。

　　"可是，我又没有要写理工科的论文。"

1　中公新书是中央公论新社出版的一种书籍的形式。

"不管是论文还是小说，在文句表达方面都是一样的。尤其是像高桥同学你这样的'患者'，这本书是特效药。你今天就看看这本书吧。"

七濑学姐转过身去，开始进行自己的作业。她取出一沓印好的小说，一手拿着红笔开始阅读。事后我才知道，那是中野花音学姐写的恋爱小说，而七濑学姐正在进行校正。顺带一提，中野学姐很擅长写 BL 小说。所谓的 BL，就是"Boys'Love"的缩写，是一种以男生情谊为题材的小说。

我开始阅读《理工科的作文技术》，很快就明白了七濑学姐为什么推荐这本书给我。我的文章修饰过多，就像圣诞节时出现的灯饰民宅一样，杂乱地黏附着过多的装饰。然而，《理工科的作文技术》里所写的方法，却是为了写出相反的文章——使用简洁的文句来表达单纯而具有功能性的文章。去除多余的装饰，罗列出轻量化的文句。七濑学姐是认为这本书可以适度地中和我的文章吧！

我第一次有意识地写小说，是在十三岁的时候。

后来写不下去，现在的我已经十五岁，再过几个月就十六岁了。

现在的我，能够写出稍微像样点儿的文章吗？

我就读的高中位于运河旁，由几栋大楼组合而成。其中一栋建筑物被称为交谊大楼，里面包括礼堂、柔道场、剑道场、游泳池和自助式餐厅。每到午休时间，餐厅里就会挤满一大堆学生，排队等着买餐券。

在餐厅靠窗的一角，有个叫作"河景区"的特殊空间。一整片玻璃墙旁摆了几张圆桌，坐在这里，就可以一边俯瞰辽阔的运河一边用餐。

关于文艺社的新社员欢迎会，我们讨论过要不要在实习室 B 举行，但除了午休时间，学校禁止学生在教室里饮食，再加上我们没有资金可以到外面的店家举办欢迎会，便决定星期五在学生餐厅里举行。担任社长的井上学长事先问过学校，并取得把零食带进学生餐厅的许可。

放学后的学生餐厅空无一人。餐厅里，只有河景区有着挑高的天花板，外面的光线通过玻璃墙照射进来，甚至令人炫目。我们把各自带来的大量零食接连打开，放在桌上。井上社长将汽水倒进纸杯，率先喊了干杯。

"高桥同学，谢谢你加入我们的社团！干杯！"

学长学姐们一齐拿着杯子来碰我手上的纸杯。这还是我第一次跟别人做这种事，觉得很难为情。学长学姐们已经知道我入社的经过，大概是七濑学姐向他们报告的吧。不过，她似乎没有对其他人提起我写到一半的小说内容，因为副社长水岛美优学姐问我："高桥同学要写什么样的小说？还有，你喜欢哪个武将？"我思考着要怎么回答，手肘不小心碰到铃木润学长，让他又发出"呜呀"的叫声。

"吓……吓死我了！还以为是地缚灵 ¹ 碰到我……"

铃木学长的视线不安地在空中游移不定。我明明是这场欢迎会的主角，却被当作地缚灵，真不知这是怎么回事。

欢迎会的出席者，除了在校生还有一个人，这个人会晚一点到。当我们正在闲聊喜欢的书和作家时，七濑学姐慢慢地从椅子上起身，朝着学生餐厅的入口挥了挥手。

"原田哥！这边这边！"

其他学长学姐也转向入口，露出明亮的表情。那个人笔直地朝河景区走来，在运河水面上不规则反射的夕阳光线透进窗户鲜明地照亮了他的脸——那是一个有着一头柔软头发，以及一对温柔眼睛的男人。

"大家好久不见了！"

眼前这位露出爽朗笑容的男人叫原田，据说是前几届的文艺社社长。文艺社虽然有顾问老师，但那位老师只是兼任，一点热忱也没有，反倒是毕业多年的学长原田哥很照顾文艺社。他去年从大学

1　地缚灵是指停留在死亡地点的幽灵。

毕业，听说现在在游戏制作公司上班。

"这个请你们吃。"

放在圆桌上的名店蛋糕，让社员们瞬间士气高昂。开封的盒子里，排放着犹如宝石般的蛋糕。

"对我来说，今天也是我的庆功日！"

原田哥工作的地方是一家开发手机游戏的公司，而他正好完成要用在最新产品上的剧本。

"不过，主笔编剧其实是别人，我只是助理编剧啦。"

原田哥告诉我们许多有关游戏制作的事情。我觉得能在业界任职实在太厉害了，一直用羡慕的眼光看着原田哥，但他谦虚地摆摆手。

"那只是一家很小的制作公司啦，像是破烂杂居大楼里面的那种。因为人手不够，才会连我这样的人都录用吧。只要有点文笔，编得出还可以的故事，无论是谁都无所谓。"

"然也？还可以的故事，究竟是怎样的故事？"水岛美优学姐边吃蛋糕边发问。

原田哥买来的蛋糕，比我平常吃的蛋糕味道更浓郁。

"就是字面上的意思。公司想要的，大概是将故事维持一定水准的同时，还能稳定量产的人才。先不说这个了，水岛你还是老样子，总是把武士语挂在嘴边啊。"

在一片和睦中，只有我兀自闷声不响地思考着，原田哥正如他所说，总是能够写出有一定水准的故事。未来，娱乐界一定需要更多这样的人才吧。

我战战兢兢地出声：

"请……请问……"

七濑学姐一边往原田哥的纸杯里倒入汽水，一边看向我。

"你就是新加入的高桥同学？"

原田哥用令人心安的平稳语气问。

"对，就是我。请问，要怎么做，才写得出来？该怎么做，才能稳定地产出还可以的故事？要有才华吗？还是靠努力也能办得到呢？"

原田哥稍微思考了一下，然后开口：

"意外的是，靠努力也办得到。"

"……'意外'吗？"

"写作这回事，不像大家想的那样，其实并不需要出色的才华。虽然也要看目标的难度，但如果只是想默默地在业界占有一席之地，无论是谁都能办得到——前提是要有心学习，努力上进。"

"通过学习，就写得出故事吗？"

"对。无论是谁，都有说故事的权利。而写作者所需要的，并不是天生拥有的特殊能力。"

学长学姐们竖起耳朵，听着我和原田哥的对话。

"通用的故事结构的确存在，写作者要学习并加以利用。许多人一直在分析、研究民间故事和神话故事的模式，想探讨什么样的故事简单易懂，并且让人们感到有趣。他们投注了很多心血，想要解开这个谜团，好让任何想要创作故事的人都能如愿。高桥同学，你写过小说吗？"

"我写过，可是没有写完。"

"你有设计情节（plot）吗？"

"情节？"

"就像故事的设计图。只要研读编剧理论的相关书籍，就能大致了解。你只要跟我联络，我随时都可以教你。"

有关写作的话题到此为止。学长学姐们开始向原田哥请教未来的出路。井上社长正在烦恼要不要继承自家的建设公司，而中野花音学姐想问如何成为书店的店员。时间飞快地流逝，我的欢迎会也就此结束。

回家后，我在房间里查询情节（plot）的资料。所谓的"plot"，似乎是指小说、戏曲、电影与漫画等创作物的架构。而设计"plot"，就是在开始写小说之前，先决定好故事从头到尾的发展。不只是在脑海中有个模糊的想象，而是具体地先设定好什么时候会发生什么事。

不过，故事的架构究竟要怎么设定？虽然原田哥说任何人都可以靠努力办得到，但那是真的吗？而所谓的编剧理论，感觉也很不可信。如果光靠那个就写得出小说，那么全世界的人不都能成为作家了吗？

我很想努力，但是——

"我不知道努力的方法。"

我下定决心，发短信找七濑学姐商量。过了一会儿便收到回复。

"那么，我们再找原田哥聊聊吧！"

七濑学姐帮我联络原田哥，我们约好隔天中午在街上碰面。

这天是星期六，所以不用上学。换作平常，我总是睡到中午，但因为自己已经很久不曾于假日在外跟别人碰面，便罕见地早早起床了。从电车上看到的天空是清爽的蓝色，已经有了初夏的气息。

我抵达约好的车站，跟穿着便服的七濑学姐会合。那是一条购物商场林立的流行大街，有好几个接下来像要约会的男女正在等人。

我和七濑学姐心不在焉地并肩而立。她那从短袖上衣中露出来的白皙手臂，在我视野的一角若隐若现，令我紧张了起来。不过，七濑学姐只是不停地打哈欠，然后一边用手指缠绕着发尾一边说：

"高桥同学，你喜欢长发女孩还是短发女孩？"

"硬要说的话，我比较喜欢短发。"

"嗯，原来如此。好烦啊，把头发扎起来好了。"

七濑学姐把双手绕到头后面绑起头发，露出美丽的后颈。

"你不剪头发吗？"

"高桥同学，你才该剪了吧！"

这时，七濑学姐看到我身后的原田哥，大大地挥了挥手。我转过头去，向亲切的原田哥行礼。三个人会合后，便前往附近的家庭餐厅。

原田哥下午必须到公司去。在那之前，我们在家庭餐厅吃午餐，一边喝着自助饮料吧的果汁，一边聊着创作小说的话题。我很干脆地直接询问：

"要怎么做，才写得出小说？"

原田哥放下手中的咖啡杯，从容地看着我的眼睛。

"首先我要问你，你觉得自己有才华吗？"

我不知该如何回答。他用正经而认真的语气继续说：

"虽然对你很抱歉，但我就直接说了——你恐怕没有才华。"

身旁的七濑学姐差点把可乐喷出来，呛了两三下。

"虽然没读过你的原稿，但我至少知道这一点。你拥有写小说才华的概率，大概趋近于零吧！即使不是零，但近似值就是零。我并不是出于恶意才这么对你说的，这只是个很简单的数学概念。你觉得，现在全世界有多少人想成为作家？其中又有多少人能真正出道？而且，光是出道还不够，在出道的作家当中，有几个人往后能够残存下来，以作家的身份持续活跃？你已经懂了吧？跟想当作家的人数比起来，能够一直当作家的，只有一小撮人。换句话说，拥有写小说才华的人只是极少数，概率就跟中乐透一样低。你认为自己身上刚好沉睡着那种才华吗？你不该抱着自己也许有才华的肤浅期待，而是应该认为自己没有才华。就连我也是这样。"

"连原田哥也是？"

感到惊讶的人不只我一个。七濑学姐也说：

"可是，原田哥，你应该很有才华，不是吗？毕竟，你实际创作出许多故事，借此赚取薪水呀！"

原来一直保持温柔眼神的原田哥，突然用冰冷的眼神看向七濑学姐，并露出瞧不起人的冷酷表情。

"不。我连一点点的才华都没有。七濑，你刚刚说的话是在侮辱我。你知道我是抱着什么心情来学习创作故事的技术吗？你否定了我的所有努力。"

原田哥强烈的语气让七濑学姐的表情瞬间蒙上阴影。

"……对不起。"

"不，没关系。我们继续吧。"

原田哥隔着家庭餐厅的桌子望向我。

"遗憾在于，我们是没有才华的凡人。你听到这种话大概会不知如何是好，但至少我有这种自觉。虽然我写过好几部小说，却完全行不通。有些作家才十几岁就能在文坛上活跃，我只能达到入围新人奖总决赛的程度而已。我的作品里，可能缺少了某种决定性的东西吧！可是，我仍旧抱着将来要在娱乐界工作的梦想。就算不写小说也没关系，无论动画剧本、游戏剧本，还是什么都行，我想在自己喜欢的领域工作。这是我从小的向往。像我们这样的凡人，就必须因为没有才华而放弃梦想吗？"

星期六中午的家庭餐厅相当嘈杂，但我能清楚地听见原田哥说的话，可见那些确确实实是他切身的体会。

"我认为，即使没有才华，每个人也都平等地拥有编织故事的权利。值得庆幸的是，世界上有很多像我这样不愿放弃梦想的人。这也难怪，毕竟这个世界有一大半是由像我这样没有任何力量的人所构成的，社会也是靠着这些人才得以运转。我们这些想要编织故事却没有才华的凡人，由于想让自己更接近那些还算有才华的人，所以通过科学的方式分析故事，而我们得到的成果，就是名为编剧理论或编剧法则的东西。这个我昨天也提过吧？总而言之，关于故事的研究，在投入巨额资金的好莱坞电影业界非常盛行。由于剧本的完成度牵涉莫大金额，所以这也理所当然。那些各种各样的理论在好莱坞被探讨、实践，效果也得到印证，再通过翻译传来日本。然后，像我这样的人就能轻易地得到那些知识。那些有才华的人，也许是无意识中就懂得如何让故事成立吧！不过，我们却可以熟读编剧理论的书籍，借此加以学习。不具力量的人，只能仰赖工具来杀出一条血路。"

为了实现自己的梦想，原田哥努力地学习编剧理论，并且把它应用在工作上。然后，他当即毫不吝惜地把他学过的几项知名编剧理论粗略地告诉了我：把故事分成三幕，并设定两个转折点（Turning Point）——这是好莱坞电影最主流的编剧方法，布局（Set-up）与中间点（Midpoint）的概念；布莱克·斯奈德（Blake Snyder）所提倡的把故事流程分割为十五个的方法，以及从以前开始便在日本广为人知、被称为"大箱"的故事架构表。七濑学姐边听边做笔记，而我则是专心听原田哥说话。

"和格斗技一样，编剧理论也有许多流派……或者该说是系统吧？其中有些适合自己，有些不适合，所以要多读几本书，找出适合自己的理论。刚开始或许无法灵活运用，但这和学脚踏车一样，渐渐地就能运用自如了。"

原田哥为了研究故事，甚至还曾经一边播放电影 DVD，一边把片中发生的事情以分钟为单位记录下来，借此探索编剧家的思路。

"竟然要做到这种地步啊！"

"职业小说家也会这样做呀！身为普通人的我要是连这点事情都不去做，那怎么行？不过，也有人认为编剧理论没有用，主张不该靠那种东西来写小说，反而该仰赖感性来写作，否则就只写得出类似的作品……那个男人也是如此。"

原田哥的眼神中，再度夹杂了冷淡的态度。

"那家伙根本把'才华'奉为宗教了！跟编剧理论所具有的科学根据背道而驰，那个男人什么都不做，只是一味地祈祷创作之神降临。"

"……你说的那个男人是谁？"

原田哥叹了一口气，然后摇摇头。

"不，没什么。对了，你们知道吗？'才能'在英文里称为'Gift'，也就是'上天给的礼物'。这确实很有宗教的味道。放弃学习和独立分析，胡乱深信着自己的感性这种不确切的东西。那些人只是一心相信，自己体内沉睡着上天赠予的礼物——你们不觉得这对自己的梦想是种怠慢吗？除了祈祷，他们就不知道其他实现梦想的方法了。跟那些家伙交谈时，我总是不耐烦到了极点。"

原田哥再次面露苦涩。他平时很温和，但偶尔会浮现冷酷的表情，原来就是针对那些人。原田哥客观地评价自己的能力，脚踏实地朝着梦想步步前进。对他来说，那些一味相信自己有才华而完全不努力的人，的确让他很不愉快吧！

"他们都是无药可救的蠢蛋。感性有那么重要吗？"

"那个……"

我终于出声。我认同原田哥说的话，但也怀疑真的有必要彻底否定才华和感性吗？在我内心的某个角落，果然也期待着自己拥有些许才华。

"我想，原田哥说得对。不过，如果一个想成为作家的人真的拥有独特的感性，那他还是别运用编剧理论，才能写出更具特色的作品吧？"

"是啊，应该写得出来。不过，能不能被大众接受又是另外一回事了。太有特色的作品，并没有考虑到一般读者的接受度。所以，那样的人才更应该学习编剧理论。虽然大家经常有这样的误解，但其实编剧理论并不会压抑感性。它只是提供故事的结构，并不会阻碍独特的感性。只要把它想象成文字处理软件，是个辅助写作的应用程序就好。就算使用同一套文字处理软件，写出来的作品也不会每一部都一样吧？如果有人拥有独特的世界观，只仰赖感性来写作，最后却被埋没，那才真的可惜。拥有良好的资质却不加以磨炼，我轻蔑这样的人。"

隔了很久，原田哥才再次拿起咖啡杯。断言自己没有才华的原田哥，看起来特别高大。我试着思考，自己办得到吗？我能像原田哥一样，抱持自己没有才华的自觉吗？嘴上说是很简单，但我是否能从心底理解这一点，并且仍然朝着梦想前进呢？

　　要承认自己没有才华，一定是件非常痛苦的事。即使别人说我没有才华，但在我内心的一角，还是相信自己至少拥有一丁点才华。我不敢承认自己没有半点才华——醒悟到自己是个没有任何能力的普通人，就是和绝望画上等号。

　　能够吸引人，令人感动并沉迷其中——

　　故事这种东西真是神秘。

　　然而，编剧理论却揭开了故事的神秘面纱。

　　它揭露了故事的要素，从科学观点来阐明故事的形式。

　　我认为，与其仰赖编剧理论，还不如重视自己的感性。然而，如果抱着天真的态度，过于相信自己的才华，"编剧理论"这项工具的效果就会变差吧！所以，若是想把编剧理论运用自如，首先必须正视自己的心，并具备与这项工具相称的心态才行。

　　我小心翼翼地说出真心话。

　　"……在我心里，似乎有原田哥所轻蔑的信仰心。那是一个'想要相信自己'的微小心愿。要是失去了它，我恐怕就再也写不出文章了，这让我很害怕。即使如此，我还是想学习编剧理论。"

　　我怕得不敢抬起视线，耳边却传来原田哥愉快的笑声。

　　"这个嘛，我觉得诚实是好事。不过，你误会了一件事，我轻蔑的对象并不是信仰，而是那些只会祈祷却不努力的人。顺带一提，对于那些有才华或被称为天才的人，我抱着敬畏之心。说不定，我远比那些只会祈祷的家伙更能体会到天才的伟大，并期待他们出现。如果有人能够创作出崭新境界的故事，把我们这些凡人经年累月琢磨出来的编剧理论击个粉碎，那肯定是像他们那样的天才才办得到的。"

很快地，就到了原田哥必须去工作的时间。结账时，我和七濑学姐正想拿出钱包，原田哥却说不必客气，帮我们付了款。我和七濑学姐并肩目送他消失在星期六喧闹的街市里。一直很紧张的我终于放松下来，长长地吐了一口气。

"对面有一座公园，我们去那边的长椅休息一下吧！"

七濑学姐如此提议，我们便往公园移动。两个人都没说几句话，只是默默地坐在喷水池旁边的长椅上。沐浴着温暖的阳光，我在脑海中咀嚼着原田哥告诉我的话。

"高桥同学。"七濑学姐看着脚边的鸽子，说道："你要加油哟！凡事都要努力，再努力！"

"……'努力'这两个字从你口中说出来，总觉得好没分量啊。"

午后的公园里，我向七濑学姐借了笔记来看。原田哥特地挪出时间亲切地指导我们，我却到了这时才从心底涌现出对他的感谢之情。我把这件事告诉七濑学姐，她回了一句"就是说啊——"，然后不停地晃动双脚。

在回程的电车上，我一直思考着。原田哥有着想要在娱乐界工作的明确梦想，所以他才能不惜付出一切的努力。他拥有自己没有才华的自觉，并且克服了恐惧感，不厌其烦地磨炼自己。

可是，我并没有像他那样的决心，也没有"想成为作家"这种了不起的梦想。我写作的原动力，来自更琐碎的小事。我眺望着窗外不断流动的都市街景，同时思考着：自己究竟是出于什么原因才开始写小说的？

我想起在黑暗的夜路上逐渐远去的爸爸的背影。我让身体随着电车摇晃，拨弄着留长的头发。好久没去理发厅了。蓬乱而随意留长的头发，会不会在七濑学姐心中留下邋遢的印象？

把头发留得这么长，是为了遮住耳朵。我不想在照镜子的时候看见自己的耳朵。耳朵的形状会遗传，虽然我不曾见过妈妈的外遇对象，但我的耳朵或许很像他吧。

我读着借来的编剧理论教科书，开始设计情节。按照原田哥所说的，设定两个转折点和中间点，掌握故事整体并安排各个事件。第一个转折点是主角离开村子，中间点是主角得知真正的敌人；而第二个转折点，则是主角决定直闯敌人的大本营。我按照编剧理论，替主角安排了必须克服的难题，并且准备了可以解决难题的道具。

接下来，就只剩下实际撰写故事了。但是，到了这个阶段，我却停了下来，怀疑是否真是如此——我重读自己刚才设计好的情节，对于"这是否真是自己想写的东西"没有自信。要是就这样直接写作，总觉得不会有趣……应该说，我再次觉得自己一定无法写完这个故事。

首先，这个故事里缺少"一定会发生"类似事件的必然性。主角将要解决阻挡在眼前的难题，但我不知道主角为什么非得解决这种难题不可。此外，为什么主角能够这么好运地得到解决事件的道具，也难以令人信服。

早上，我在前往学校的路上想着小说的事。主角当然想要拯救世界，不过，仅仅因为如此，就足以让他这么努力吗？虽然说他很崇拜身为冒险家的父亲，但他真的只因为这种理由，就能提起那么大的勇气吗？我随着电车摇晃，心里打算重新设计情节。

我在书上读到的编剧理论很棒，尽管因为道理太艰深而不甚理解，然而只要跟名留青史的作品互相对照，就发现相当吻合。这些理论，可以合理地解释过去的伟大作品。

可是，我为什么会觉得，自己照着理论设计的情节很无聊？自己应该缺少了什么……说不定是自信不够，又或者是在"创作"这方面缺乏思想。

"早安，高桥同学！"

　　从背后向我搭话的人，是七濑学姐。据她所说，由于我总是驼着背走路，所以远看就知道是我。

　　"早安。今天社团活动的时候，你可以帮忙看看我设计的情节吗？"

　　"可以啊，你设计好情节了？"

　　最近，我跟七濑学姐说话时不再紧张了。虽然小说没有进展让我伤透脑筋，但是去社团活动很开心。

　　"啊，可是今天不行啊。我会稍微晚到，也可能没办法去。今天有点那个……"七濑学姐在脱鞋处这么说，"今天有一个已经毕业的学长会来，我们都叫他御大 ^{1}，也许你可以向他请教。不过我会迟到，也可能没办法去。"

　　"御大？他很伟大吗？"

　　"这个嘛……与其说伟大，不如说他有点那个……他也在写小说哟！"

　　学姐把目光从我身上移开，很快地说完这些话。我总觉得她的侧脸露出了装傻的表情，看起来有些内疚。

　　放学后，我走进实习室 B，发现有个不认识的人在里面，散发

1　"御大"在日文中有"老大"的意思。

出不动如山的存在感。那是个体格壮硕的男人，给人的感觉就像岩石山一样威风凛凛，我还以为他是老师，但马上想到是七濑学姐提过的"御大"。

"你好，我是新加入的高桥光太郎。"

我正想接着说"请多指教"，但那个人像要打断我似的紧接着说："光太郎，这边坐！"

"好。"

我在御大的正对面坐下。他用锐利的眼神瞪着我，两道粗黑的眉毛往上扬起，一句话也不说。我焦急地心想，必须主动开口才行，但又不知道该说什么才好。就在犹豫着要说什么的时候，我完全错过了开口的时机。

留在实习室内的，只剩下压倒性的沉默。坐在御大的视线范围内是一大失策。我的身体不敢动弹，像一尊可怜的地藏般僵直。现在想要起身走出去，也已经太迟了。

换作平时，其他的社员应该会来，可是不管等了多久，都没有人来。七濑学姐说她今天可能会晚到或不能来，但其他学长学姐是怎么了？我几乎要哭出来，在心里祈祷着大家赶快来。然而，过了五分钟、十分钟之后，还是没有任何人来。

御大只是一直盯着我和他之间半空中的一点，完全不开口说话，也丝毫不动。他究竟是个什么样的人？原田哥来的时候，社员们都一副很开心的表情。原田哥不但请大家吃蛋糕，还很认真地跟我们讨论小说的写法。相反，御大这个人只会散发压迫感。接下来，我到底会怎么样？处在被沉默支配的空间里，我已经丧失了时间感。

我想要放弃一切并停止思考，却达不到这样的心境。我试着想象清凉的流水和童话风格的花田，但是只想了几分钟就到了极限。我又开始想着广大的宇宙、洛伦兹力（Lorentz Force）[1] 和今天的授课内容，但这也只能维持几分钟而已。然后，我试着想象自己变成化石，这次效果总算比较持久了。

不知不觉中，我开始幻想自己小说的后续。

"喂！"

御大突然出声。我想回答"是"，但可能是沉默太久，喉咙无法顺利发出声音。

"我事先打电话告诉大家我要来，但那些家伙一个也没来，来的只有一个很像我的新生。不过这样的孤独还不错。"

"很像我的新生"，该不会是说我吧？

"光太郎，我还蛮中意你的。我是武井大河，写作'巨大河流'

1　洛伦兹力，因荷兰物理学者亨德里克·洛伦兹而命名，为电动力学的专有名词，指运动于电磁场的带电粒子所感受到的作用力。

的大河，念作 tai-ga；这个社团的人都叫我御大。"

我想回应他，却仍然发不出声音。

"七十五分钟！我还是头一次遇到可以忍受沉默长达七十五分钟的人！你真了不起！搞不好你很有才华也说不定！"

"才华？"

惊讶的我，沉默了七十五分钟后才发出声音。原田哥断定我没有才华，但他绝非瞧不起我或侮辱我，而是想告诉我"承认自己没有才华"有多残酷和重要。

"请问，这是什么意思？"

"你竟然能够沉默七十五分钟，不管怎么想都不像普通人，太异常了。不过，异常也是种才华。既然你也要写小说，应该有正视自己的才华吧？"

"……不，我没有那种……"

"总而言之，就我看来，这个社团的成员里，你最有前途。如果你对小说有任何问题，都可以来问我。知道吗？"

"好。"

我如此回答，然后让大脑全速运转，思考着跟小说有关的问题。千万不能在这时让对话中断，再次像刚才那样被吸进黑暗的沉默空间里。

"呃……那……请问，当小说写不下去的时候，该怎么办才好？"

"就感受风吧！"御大斩钉截铁地说。

"竖起耳朵听，就能听见风域！"

"风……风域？"

"对，没错！"

我听不懂他说的话。

"风域吗……那……怎么样才能写出好的小说？"

"说得也是。首先是放在那边的教科书。"

社办的储物柜里，放着好几本跟写作技巧或编剧方法有关的书。

"听好了。首先，不要看那种书！"

我隐藏不住自己的困惑。御大双手抱胸，一副在提倡真理的样子。

"那种东西都是大便！"

"可是，原田哥说……"

"原田？你见过他了啊？反正他八成又在那里说编剧理论怎样怎样的，你怎么把那家伙说的话当真了？那是个无聊的男人，要是不紧抓着理论不放，就写不出文章。"

我受到太大的冲击，说不出话来。眼前这号人物，正用威吓的眼神瞪着我。

"你认为靠理论写得出小说吗？"

"应该写得出来吧，他是这么告诉我的。"

我这么回答，其实没有确切的证据。我试着设计了情节，但照样写不出来。

"说的也是。我也觉得靠理论是写得出小说的。"

御大点点头。我还以为他会反驳，但他的反应出乎意料。

"但是，那种小说不可能好看，因为用理论创作出来的故事感动不了人。小说才不是靠头脑生出来的。"

"那么，是从哪里生出来的？"

"那还用说吗？当然是这里啊！"

他用拳头用力敲着自己的胸膛。

"你听好了！小说这种东西，是一边削弱自己的灵魂，一边写出来的。把手臂伸进自己内心深处，紧紧抓住文句，用力扯下并取出。所谓的编剧理论，就像从别处借来的词汇和语法，那种东西怎么能算是纯粹的创作？你用过原田说的方法写作吗？"

"我只试过设计情节而已……"

"情节？你设计情节打算干什么？有点羞耻心吧！立刻舍弃那种东西！"

"咦？可是……"

"作者事先准备的情节，会把小说的登场人物给五花大绑。不，不止登场人物，就连身为作者的你也会被束手束脚而动弹不得。"

"那，该怎么做？"

"我刚才不是说了吗？去感受风吧！仔细倾听自己想写的故事。忘掉事先设计好的情节，倾听登场人物的心声。主角想怎么做？他想走上作者事先决定好的路——也就是情节吗？你该做的第一件事，就是舍弃卖弄小聪明的理论，去感受自己想编织的故事的风。你实际尝试的结果怎么样？设计情节之后，就写得出来了？"

"不……"

"看你这种阴暗的表情。你会这么想，就证明你有才华；因为你不想采用外来的做法，而是想要相信自己拥有的东西。首先别露出那种无精打采的表情。要写出杰作的人，就该露出更棒的表情！"

御大双手抱胸，站了起来。

"肚子饿了，去吃饭吧！"

他一副不容分说的态度，我只能遵从。

走出校舍，才发现天空已经染成一片粉红。越过运河吹来的凉风，穿梭于校舍之间，令人心旷神怡。御大抬头看着天空，一声不吭地走在我前面。他究竟要带我去哪里？

我们穿过校门，朝着车站的方向前进。今天早上我在附近遇到七濑学姐时，总觉得她的样子有点冷淡，还说今天可能不会来社团，难道她是不想见到御大吗？不，不仅七濑学姐，只有我一个人去了社办并不是偶然。除了我以外的所有人都在躲御大。御大到底有多惹大家讨厌？这个人到底有多麻烦？

走进酒馆林立的狭窄小巷后，御大在有点肮脏的定食屋前面停下脚步。我们掀开布帘走进去，面对面而坐。店里的墙壁不知是粘了油还是香烟的烟雾，一整面都发黄了，餐桌表面也黏黏的。除了我们，店里的客人就只有驼着背边抽烟边读着赛马报纸的大叔而已。

"这里什么都可以点，尽量点你爱吃的。"

"……真的吗？"我开始担心起来。御大点了烤鱼套餐，我则点了酥炸竹荚鱼套餐。双手抱胸的御大，维持不动如山的姿势等着料理上桌。

"御大哥，你也在写小说吧？"

"对。写作跟活着是一样的意思。"

"这样啊。那御大哥是在写哪一类的小说？"

"纯文学。顺带一提，你不用客气，叫我御大就好，不用加尊称。"

我心想，那真的是个客气的称呼吗？但还是继续说：

"我知道了。御大跟原田哥两个人的想法完全不同，是因为双方创作的类型不同吗？”

原田哥很重视娱乐性，所以才要从编剧理论中学习不让读者厌倦的创作手法和要领。但是，御大大概没必要这么做吧。我觉得，文学性偏高的作品就算很难懂又很挑读者，没有那么有娱乐性也无所谓。比起说故事的技巧，还是艺术性比较重要吧！

“或许吧。不过无论如何，我和原田绝对不会认同彼此的创作态度。”

“请问……原田哥说我没有才华，可是御大你说我有，究竟哪边才对？”

“你有才能。我保证。别理原田！”

“可是你们都没有读过我的作品啊？”

“先不管那个，我觉得争论有没有才华是件很无聊的事。我跟原田对于‘才华’的定义也不一样吧。不过你听好，有一件事我要先说。”

御大身体前倾，向我的脸靠过来。

“不论别人说什么，你都要相信自己的力量。创作时，偶尔也会感到不安、迷惘，甚至痛苦吧？但是，直到故事写完之前，你都要相信自己拥有的东西。这就是创作者唯一能做的事。”

他的魄力震慑了我。不，该说是热血吧？御大说的话充满了热情，有着值得信赖的什么东西。虽然我已经开始采用先设计情节再执笔的做法，但那说不定不适合我。比起那种方法，我或许更应该请教眼前这个人。

"请问，具体要怎么写作才好？如果不设计情节，又该从何入手？该如何着手，才能感受故事的风？"

"不要问我答案！自问自答，然后烦恼吧。属于你的写法，只能由你自己一边写作一边寻找，这才是成为作家的不二法门。写就对了！要写个几百张、几千张。动笔写作后，才知道那是不是自己想写的东西。当你觉得写作很无趣时，就马上放弃吧，那种原稿是一毛不值的垃圾。还有，刚开始的时候，要一次又一次地重写。而后，你就能在慢慢磨炼的过程中，越来越接近你追求的目标。作品就像一面镜子，看了自己写的东西，你才会了解自己的真实面貌。我认为，编剧理论根本是种干扰，只会让镜子起雾。读者真正追求的，并不是娱乐性那种表面的乐趣，而是反映出你的姿态，只有你才写得出来的故事。给我好好记住这点。"

御大根本不可能像原田哥一样，为我说明具体的写作手法。不过，他说的话有一股强劲的力道，听着听着便觉得内心受到鼓舞。对容易感到迷惘的我来说，还是很值得感谢的。

烤鱼套餐和酥炸竹荚鱼套餐终于送来了，我和御大相对无言地把饭扒进胃袋。这家店这么脏，东西却好吃得不得了，我从未吃过这么好吃的酥炸竹荚鱼，就连米粒都散发着光泽，咀嚼中，甜味便在舌头上扩散开来。

"真好吃！"吃完后，我说。

"那太好了。我们走吧。"

站起来的御大，拿起账单让我握住。

"我刚好忘了带钱包，你先帮我垫付吧，别摆出这种表情啦。帮助有困难的学长，也是学弟的义务啊！"

我从钱包里拿出两人份的费用，付了钱后便走到店外。在这条狭小的巷子里，酒馆和酒吧的广告牌闪闪发光。穿着高中制服的我，不适合出现在这种地方。

"你看，星星出来了，真是个美好的夜晚。"

御大抬头仰望变暗的天空，一脸满足。他正拿着牙签剔牙。跟原田哥请我吃午餐比起来，差别也未免太大了。

"我请你喝杯咖啡吧。我住的地方就在附近，跟我来。"

我原本心想该回家了，但既然御大说他家就在附近，便决定跟着他，稍微打扰一下就尽早回家。

御大一边哼着歌，一边快步前进。一般人说的"就在附近"，通常是十几米或几十米的距离，最远也就几百米而已。然而，我们已经走了三十分钟，换算距离，应该有两三公里了。

"请问，你家还没到吗？"

"哦哦，就在那里！"

正当我心想自己可能永远到不了御大家的时候，御大终于指着前方说"就是那里"。虽然天色很暗看不太清楚，不过似乎是间老旧的木造公寓，公寓入口的日光灯一明一灭地闪烁。从车站到这里很不方便，租金说不定很便宜。

"进来吧。"

御大的房间在二楼最边上。先行进屋的御大开了灯，我小心翼翼地脱下鞋子踏进房间。狭窄的玄关可以摆三双鞋子，但四双就摆不下了。玄关旁有个小型料理台，看起来维护得很干净，但屋内与其说是"非常混乱"或"家徒四壁"，不如说就像个"男人的巢穴"。

"随便坐。要喝咖啡吗？也有茶。"

"呃……那我要喝茶。"

御大走向料理台，我还是站着不动。虽然他叫我随便坐，可是屋内根本没有空位可以坐。

在这四张半榻榻米大的房间里，棉被还铺着没有收起，鸭居[1]上用衣架吊挂着印有"微笑搬家公司"字样的工作服，工作服下方放着一顶安全帽，还有一大堆坍塌的杂志，瓶瓶罐罐丢得到处都是。

1　鸭居为门框上方的横木。

杂沓的物品散落一地，唯有房间正中央约半张榻榻米大的地方，有一块宛如神圣地带的空间。

那里有张书桌，桌椅间的位置只够一个人坐。书桌上有一双白手套和一支圆珠笔，旁边堆着稿纸。看来御大是用手写的方式写小说——该说是妖异的气息吗？那一块空间散发出某种气场。

"你在干吗？来，坐这里。"

御大回来了，然后毫不费力地把书桌搬到房间角落。我双手抱膝地就地坐下，御大则在我面前盘腿而坐。距离太近了。盘腿坐和抱膝坐的两个人，以超近距离盯着彼此，形成一幅在他人眼中看来相当怪异的画面。

"不过，真没想到你竟然会跟到这种地方来。你果然有着某种才华。"

"……可是，我自己完全感受不到……"

"不。你拥有足以沉默七十五分钟的自我防御力，还有一副看起来就不受异性欢迎的衰相，以及长到闷热的头发。其他社员都回家了，你却倒霉到独自跑去社办。此外，你还被带来这种地方，个性未免太好被利用了。你的孤独、你的霉运，都跟年轻时的我很像。"

"什么？"

御大身材魁梧，让人忍不住联想到熊。这样的他，跟我没有半点儿相似之处。

"你曾经在河滩上烤肉吗？没有吧。你曾经跟女生一起去唱KTV吗？没有吧。除了你母亲，没有一个女生曾经送巧克力给你，也不曾跟你轮流喝同一罐饮料。我说得没错吧？"

"嗯，是这样，没错……"

跟女生轮流喝同一罐饮料，对我来说是个很不现实的童话故事。

"你的鞋柜里可能会出现不良少年叫你出去的信，但绝对不可能出现情书。我说啊，你没有女朋友吧？而未来的你也绝对不可能交到女朋友。讲白了，你连普通的快乐人生都享受不到。不过，你还是应该高兴！"

御大目不转睛地盯着我。

"那就是你仅有的才华。"

我才不要那种才华！我几乎呐喊出声。

"这么孤独的你，不能不写作。这是天职，我们是不能不写作的人种！"

不知不觉中，御大和我变成了"我们"。

"你看看我！我已经豁出去了，就算让高一学弟替我出钱，我的态度还是坦荡荡！不过，这或许也是种才华，我要是不写作，才是羞耻的事。既然要写，我也相信那是一种才华。一定要相信，并且放手去做！"

御大热切地疾呼着，也像是在说给他自己听。

"你听好，我们并不是想成为作家，而是已经是作家了！只要在写作，我们就是作家！听好了，只要我是作家，我跟陀思妥耶夫斯基之间就没有太大的差别！我和约翰·列侬之间也没有很大的差别！身为区区一个打工族的我，也跟谷崎润一郎没差多少！然后，你听好了！"

御大盯着我的脸看。

"你跟蚵仔煎老师[1]也没什么差别！"

我……我跟蚵仔煎老师也没什么差别！此时我受到的冲击，就好像吃了一招筋肉强打[2]。

"听好了！陀思妥耶夫斯基跟蚵仔煎老师才不会看编剧理论的书！想要分析故事的人，就尽管去分析好了，那还真是辛苦了！但你听好，你以前听过民间传说吧？听过形形色色的故事吧？也经历过各种各样的体验，做过各种各样的幻想吧？也曾经从阅读中得到过感动吧？这些东西会变成我们的血肉，存活在我们的体内和心里。不倾听内心的声音，只把理论挂在嘴上的人，最好清醒点！原田的

1　此处的"蚵仔煎"是指嶋田隆司与中井义则所组成的日本漫画家二人组"ゆでたまご"。作品有《格斗金肉人》与《格斗金肉人二世》。
2　漫画《格斗金肉人》当中的必杀技名称。

确在娱乐界做出了成果，而我们什么也没有。不过，我们才不稀罕那种单纯的成果！我们还在助跑当中，那些家伙能够抵达的成果，根本没什么了不起。听好了！我们的助跑说不定还会一直持续下去。我有个预感，我总有一天会写出杰作，你也要相信自己！你拥有值得信赖的才华！然后，你知道吗？"

"知道什么？"

"末班车快要开了。"

"什么！"

我连忙看看时间，末班车的发车时间的确快到了。考虑到从这里前往车站的距离，要是不赶紧出发就来不及了。看到慌乱的我，御大露出一抹轻笑。

"我要回去了，再见！"

草草道别之后，我便马上冲出屋外，跑向车站。心里好想大叫："搞什么啊！"御大那个家伙，到底在搞什么啊！

最后，他根本连咖啡或茶都没端出来，也没把我先垫付的烤鱼套餐费用还给我。我冲进电车，几乎要哭出来。在电车上，我确信了一件事——御大这个人根本就是荒谬！实在太荒谬了！

……可是，他说过的话，却在我内心深处发着光。

也许，我总有一天也能写出只属于自己的小说。

电车摇晃着，仿佛在鼓舞着我这个小小的高一生。

毕竟，我跟蚵仔煎老师之间并没有太大的差别！

由于帮御大垫付了烤鱼套餐的费用，隔天我没钱到便利店买面包，便早起捏饭团。到了午休时间，我在屋顶上吃着饭团，七濑学姐也来了。

"咦，今天吃饭团啊？还真罕见。"

"是啊。虽然很困扰，不过烤鱼套餐的钱终于赚回来了。"

我把昨天的事告诉七濑学姐。然后，她告诉我一个冲击性的事实。

"什么？御大连一部小说都没写过？"

"高桥同学，你真是个奇特的人啊！"

学姐露出傻眼的表情这么说，头发随风飘动。

"我还是第一次看到能跟御大亲近的人。就连那个八面玲珑的井上社长都拿御大没辙。"

听七濑学姐说，到目前为止，御大没写过小说。他只是自称作家，阅读别人的作品并加以批评，还用瞧不起人的态度，贬低学弟学妹们写的小说。因此，文艺社所有人都讨厌他，躲着他。

御大只是四处宣扬自己总有一天会写出了不起的小说，却迟迟不写，就这样从高中毕业了。后来，他大学肄业，现在一边在搬家公司做计时工，一边梦想着成为作家。不，御大并不是梦想成为作家，虽然他一部作品也没写，但他心里似乎抱着自己就是作家的意识。毕竟他自己都说："我们并不是想成为作家，而是已经是作家了！"

"从某方面来说，他还真厉害。他连一部作品都没写，却很有热情……应该说只有热情。但我就是不太想见到他。"

我们从屋顶上俯瞰远方的景色。在运河的对岸，有着成排的高级公寓。御大说的话，一度让我燃起了对写作的热情，但它现在急速冷却下来。

"御大说的话感动了我。听了他说的话，我得到了写作的勇气。可是，我现在好失望。"

我有一种遭到诈骗的感觉。把我的感动还给我！不，至少把垫付的晚餐钱还给我吧！

"为什么失望？他的确感动了你吧？"

"可是，御大连一部作品都没写过啊！"

得知御大是这样的人之后，他说话的可信度就大打折扣了。我以为七濑学姐会同意，但出乎意料地，她露出生气的表情。

"我不是想袒护御大，可是你那样说他是不对的。只要对方说的话稍微感动了你，那这句话就具有真正的重量。高桥同学，你该对他说的话保持敬意。"

"是这样吗？"

"其实，我还蛮希望御大写小说的。无论他是否具有写作的能力，我都想看看那个人会写出什么样的故事。"

我们倚靠在屋顶的栏杆上，享受着日光浴。飞机拉出一条白色的线，在高阔无垠的蓝天中飞行。春天已经过去，季节来到初夏。

虽然我有心想写小说，但一坐在电脑前面，脑袋便一片空白。尽管我参加了文艺社的活动，不过原稿还是停滞不前，时间就在什么都没做的情况下浪费掉了。水岛美优副社长也许是对我的情况看不下去，便提议给我一些试炼。

"然也！那么，你就暂时停止写作，来做一些可以增广见闻的修行。你要阅读我们精心挑选的作品，然后在大家面前发表读后感。要写作，就得大量阅读。"

副社长的口吻像在提倡武士道似的，我只能点头。文艺社的社员们走到我的位置，每人放了一本书就走。井上社长放的是轻小说，水岛副社长是历史小说，铃木润学长是恐怖小说，七濑学姐是科幻小说，而中野花音学姐则是 BL 小说。

"我很期待你的感想！"

中野花音学姐微红着脸颊这么说。

从来没读过的类型小说让我不知如何是好，但我没有拒绝的权利，只能一本本地消化大家开的书单，出席每一次的读后感发表会。由于我对自己的感想没有自信，所以就看了别人发表在网络上的书评和亚马逊网站的读者评论，在第一场发表会上发表了抄来的心得。然而，七濑学姐和水岛副社长马上发现我作弊，把我狠狠地骂了一顿。

"高桥同学，你还有没有自尊心啊？"

"阁下切腹自尽吧！"

两人大发雷霆，吓到了铃木润学长。他从书包里拿出谜一样的护身符，嘴里念念有词地开始祈祷。后来，是井上社长安抚了这两位愤怒的女社员。

"这点小事没关系啦，每个人都会阅读别人的感想吧？你们两个坐下吧。不过呢，高桥同学，你下次要发表自己独一无二的感想，不能再抄袭别人的。"

社长温柔地告诫我，我听了便点点头。既然社长这么说，那就没办法了——在这样的气氛下，七濑学姐和水岛副社长的怒气渐渐平息下来。是井上社长救了我。

我很感谢社长，对他的好感也急速上升。不知为何，中野花音学姐正用热切的眼光交互看着我和社长。

可是，为什么她们会发现我作弊呢？事后，我偷偷向七濑学姐问出了原因。在第一场发表会的前一天，井上社长这样跟两位学姐说：

"你们要在事前阅读一些网络上的书评，因为高桥同学说不定会抄袭别人的感想。到时候，水岛和佐野你们要毫不留情地训斥他，然后我再出面维护他。嗯？你们问为什么要这么做？这样可以提高他对我的信赖度，对于文艺社今后的运作有帮助。"

也就是说，我只是被社长玩弄于股掌之间而已。

至于中野花音学姐交给我的 BL 小说，我则是尽可能地晚点阅读，但书单终于只剩下这一册，我必须提起勇气拿起来阅读才行。它有着一般恋爱小说所没有的内心纠葛，让我很感动。得不到回报的感情，既脆弱又珍贵。我总有一天也会喜欢上某个人吧？不过，对象应该是女生才对。

进入六月，便是一连串的雨天。从学校回家的路上，我绕到便利商店去买东西。结完账走出店外时，原本放在伞架上的塑胶伞不见了，我只能呆站在雨下个不停的街道旁。伞一定是被谁偷走了，因为伞架上已经没有其他伞了，所以也不可能是其他客人拿错了。

这种小小的不幸经常发生在我身上。遇到时明明只要一笑置之，我却认真看待，使心情变得很灰暗，哀怨地想着为什么只有我遇到这种事。我想起御大对我说的话——除了你母亲，没有一个女生曾经送巧克力给你，也不曾跟你轮流喝同一罐饮料。你连普通的快乐人生都享受不到。

撑着伞的行人在我眼前来来去去。车子经过时，碾过水洼并溅起水花。

不过，就算这样，我也有一年一次的好运气。

当我喝着买来的茶，拼命想让自己冷静下来时，七濑学姐正好路过。我向她说明详情，她便让我进入她的伞下，也就是人家说的两人一伞。

"如果被班上同学看见了，大概会被误会吧。"

隔着伞柄，七濑学姐在我身旁笑着说。

"才不会被误会呢！"

"为什么？"

"几天前，我在教室里跌倒，书包里面的东西都掉了出来。亲切的同学们就帮我捡东西，像课本和笔记本，还有中野学姐借我的 BL 小说……"

那本书的封面上，有两个男性在一起的图像。我忘不了同学们那僵硬的表情。基于这个原因，会传开的大概是另一种八卦，所以不必担心我和七濑学姐被误会成情侣关系。

"你还是老样子，稳定地招来不幸。要不要去收惊[1]一下？铃木同学好像知道不错的地方哟。"

由于便利商店到车站的距离很短，两人一伞的时光很快就结束了。我拿出月票通过检票口，和七濑学姐一起等电车。月台上很拥挤，我们只能紧靠着彼此的肩膀站着。由于空气中湿气很重，还有点闷热，七濑学姐便用食指勾起制服的领口，再用另一只手扇风。

"你刚才在超商买了什么？"

"茶。宝特瓶装的。"

"我口渴了，给我喝一口。"

"是可以啦，可是我刚刚喝过哟。"

"没关系。"

我从书包里取出宝特瓶，拿给七濑学姐。

"对高桥同学你来说，间接接吻的刺激恐怕太大了，所以我要使出必杀技。"

"必杀技？"

七濑学姐打开瓶盖，从高处倾斜瓶身。瓶口距离她的嘴巴几厘米，里面的茶就这样被倒进她张大的嘴里。她大口地吞下茶，一脸

1　收惊，或称喊惊、收吓、叫魂，是一种民间传统疗法，在原始宗教中就有此仪式，道教亦有类似仪式。

得意地朝我转过头。

　　"你看！很可惜吧？"

　　"哪有啊？什么东西可惜？"

　　"你真不可爱。"七濑学姐这么说，把宝特瓶还给我。

　　日光灯闪了几下便点亮了，照亮了月台。我把宝特瓶放回书包，一直低着头。这时，我不禁庆幸自己留长了头发，否则我那发烫的脸和耳朵说不定会被看见。我好想现在就当面向御大确认，这样能不能算是跟女孩子轮流喝同一罐饮料？

　　广播声响起，淋湿的铁轨反射着光芒，电车驶进月台。七濑学姐的动作和眼神，经常让我怦然心动。她有时会露出孩子气的笑容，有时则露出成熟女性般的表情沉默着。我不知道她心里究竟都在想些什么。进入车厢时，我碰到了她的肩膀。

　　我一直有个疑问——不，应该说是觉得奇怪。说起来，学姐当初的目的就是让我加入文艺社，好让社团存活下去。如今这个目的已经达到了，七濑学姐应该不需要再理会我了。

　　"那个……七濑学姐，你为什么还要理我？呃，应该说，为什么要找我说话？"

　　完全听不懂你在问什么。七濑学姐露出这般表情歪了歪头。

　　"我觉得，一般女生应该不会跟我这种人讲话……"

　　"所以，你是要我别跟你说话？"

"不是不是。我只是很好奇，想知道原因。"

充满湿气的车厢内，七濑学姐露出傻眼的表情。

"当然是因为我对高桥同学你有兴趣啊，这不用想也知道吧！"

"你为什么对我有兴趣呢？我这个人不怎么有趣，既没有亮眼的特色，也没有专长，长得也不帅，个性也相当灰暗……"

不断摇晃的电车里，学姐叹了一口气，深得像是能够直探谷底。

咦？难道女孩子眼中的我其实有着某种魅力，只是我没有察觉而已？说不定，不有趣、没有特色和专长，个性阴沉、长得不帅，都只是我最擅长的负面思考，实际上并非如此？

然而，这种对自己有利的想法，只过了零点六秒就破灭了。

"你的确长得不帅，个性很阴沉，说不出半句机灵的话，又不显眼，只拥有不幸力，完全不是会受女生欢迎的类型。"

"……"

"不过，我还是对你有兴趣。话说回来，高桥同学，你认为女孩子只会对帅哥或个性开朗的人有兴趣吗？那是偏见哟，虽然你的确长得不帅，个性很阴沉，说不出半句机灵的话，又不显眼，只拥有不幸力，完全不是会受女生欢迎的类型。"

"我听到了，你竟然还说第二次……"

"总而言之，我就是想知道你平常有什么感受，在想哪些事情，有哪些烦恼，觉得活着有哪些开心的事，所以对你有兴趣。我想知道，世界在你眼中是什么样子的。"

七濑学姐看向窗外。

"最重要的是，我对你未来会写出什么样的小说很感兴趣。"

电车伴随着些微冲击力而减速，滑进终点站的月台。

"我可能知道你的小说没有进展的原因了。"

话才说到一半，我们就被人潮挤上月台。必须在这里转乘另一班电车才行。

"你笔下的角色缺乏魅力。来，坐这里。"

学姐坐在月台一端的长椅上，拍拍她隔壁的座位，催促我坐下。

眼前有一大群人来来去去。在挤满人潮的月台上，仿佛只有我们游离于人潮之外。

"设计情节的同时，你要不要针对人物多加思考？"

"人物吗？"

"你小说里的主角是怎样的人？我没有印象。"

"主角啊？应该算普通吧。"

"普通是什么意思？那女主角呢？"

"女主角很可爱，个性也很好。"

"人物特色这么笼统，读者就没办法投入感情，也没有兴趣读下去。如果你对主角和女主角没有更深的了解，不就写不下去了吗？

作者本身也要对主角投入感情，写起来才会比较容易。"

经学姐这么一说，我的确很有同感。我一直不太清楚，为什么我小说中的主角想要拯救世界，又为什么有那么大的勇气。总觉得主角跟自己有点相似，可是很难想象自己会去拯救世界，所以也矛盾地觉得他跟我是天差地远的。

至于女主角的形象就更模糊了，总之就是品行端正、没有缺点、外形可爱。与其说形象不鲜明，不如说完全没有真实感。

"是这样没错，但是我不知道该怎么做。"

"我刚刚想到，高桥同学，你应该对人更感兴趣。'想要了解别人'，应该对创造角色有帮助吧。你要抱着兴趣去了解别人在想什么，以及为什么会这么想。人的魅力，并不只有长得帅或个性开朗这种表面的东西而已。我们有时候也会被缺点、弱点或黑暗面吸引。"

"可是，别人身上有太多无法了解的事情了。"

"我也不了解啊，我甚至连自己都不了解。不过，正因为不了解，才会产生兴趣，不是吗？"

"可是我……请问，要怎么做才能对别人产生兴趣呢？"

"我说啊，高桥同学，你应该有喜欢的女孩子吧？"

"喜欢的女孩子吗？怎么说呢……大概没有吧。"

"还真不确定啊。当你跟某个女生在一起的时候，会不会觉得很开心？你在其他女孩子面前连话都说不好，却可以跟某个女生很能聊，或是很在意她的一举一动之类的。"

"这样的人倒是有。"

我想到了某人。

"你喜欢上她了。或者说，快要喜欢上了。"

或许的确如此。

"你应该想要更了解那个人吧？"

七濑学姐盯着我的眼睛。

"……没错。"

"对吧？嗯，就是这样。喜欢上一个人，就会想要了解关于那个人的任何事，就算那件事会让自己痛苦也一样。"

七濑学姐低着头，看着自己的脚下。半长不短的头发垂在她的脸庞，她的表情也蒙上阴影。进站的电车吐出一大群乘客，从坐在长椅上的我们面前走过。

七濑学姐为什么会露出那种表情呢？她现在在想些什么？我好想了解学姐。这时，我对自己内心的情感产生了强烈的自觉。

我想要了解学姐，就算那件事会让自己痛苦也一样……

我的胸口仿佛被紧紧揪住。当学姐对我说"你喜欢上她了"的时候，我脑海里浮现了七濑学姐的脸。想知道的事和不想知道的事，在脑海里不停地打转。

让我庆幸加入文艺社的其中一件事，就是可以从学长学姐手上拿到过去几年的期中和期末考试旧试题。

七月的第一周要举办第一学期的期末考试[1]。考前一周，所有社团一律暂停活动，篮球的运球声和金属球棒的打击声都消失了。取而代之的，是自习室和图书室的人群密集度变得比平常更高，可以看到学生们在里面勤奋地念书。

考前禁止社团活动是学校的正式规定，但我回家前去实习室 B 瞄了一下，发现文艺社的学长学姐们还在那里。他们正坐在自己喜欢的座位上，面对窗边成排的电脑写作。

"虽然违反规定，可是我们从来没有被老师警告过。大概是因为，只有人多的大型社团才会引人注目吧，像我们这种小社团，要是有人来啰唆的话，那还真是勤奋呢。"井上社长这么说。

学长学姐们仍然在写作，没在准备考试。看着他们的背影，我深切地感受到他们有多么喜欢写小说。为了省电，实习室 B 并没有开冷气，只是打开窗户让电脑发出的热散出去，学长学姐们就在这

1　日本的学校通常采用三学期制，从四月到七月是第一学期。

样的环境下各自进行创作。虽说是放学后，但距离黄昏还早，积雨云在蓝天上漫延。

我按下电脑电源，重新开始撰写自己的小说。虽说如此，还是不可能这么顺利就摆脱"瓶颈"。我只是把十四岁时写的文章重写一遍，去掉过多的修饰，改写成简洁易懂的文句而已。这就像整修多年前铺好的道路，所以与其说是创作，更像是作业。即使是现在的我，这点小事还是办得到的。

要从中断的地方向前迈进，肯定需要勇气，不过我已经按照原田哥教我的方法设计了情节。为了重新开始写作，过去两个星期，我挪出了许多时间来修改情节。检讨主角的人物造型，针对和主角一起冒险的女孩子构思性格，尽我所能地深入挖掘与主角对立的反派角色。我画出人物之间的关系图，整理出谁和谁敌对，谁又和谁坠入情网。

自从和七濑学姐在车站聊过之后，我的写作开始有了"角色"的概念。我读了几本书，看了网络上的许多意见，寻找有技巧地创造角色的方法。在介绍小说写作法的网站"轻小说写作研究所"上，有人发表了以下意见：

　　角色并不是独立存在的岛国，彼此之间有关系，并互相影响。

有两种关系可以让角色之间产生更强韧的联结，并且让故事更有趣，那就是"对立"和"爱情"。

所谓"角色"，似乎会在跟其他角色的关系中产生化学反应。只要是独立的个体，人物的轮廓就不会清晰。所以，我决定要以"关系"为中心来打造笔下的角色。

在我的真实人生中，跟别人之间的关系也是个棘手而想要逃避的东西。我的存在感之所以这么薄弱，就是因为这个吗？

日常生活中，我也会进行打造角色的训练。等红灯或搭电车时，我会观察身旁的陌生人，尽情想象他们的职业和性格。我从他们手上的包包和身上佩戴的饰品来推测那个人的特质。遇到两人结伴同行时，就猜测他们之间的关系，仔细观察他们身上是否隐藏着对立关系或爱情。通过观察别人来看待这个世界，会发现世上没有两个一模一样的人。

"对了，我们还没决定集训地点啊！社长，这样没问题吗？"

水岛副社长停下正在打字的手，伸着懒腰问井上社长。

"对啊，我都忘了。现在就来讨论吧，要去哪里？"

"去大垣建造墨俣一夜城[1]怎么样？"

1　墨俣城，位于日本岐阜县大垣市墨俣町的一座日本城，是源平合战墨俣川之战的舞台。该城为斋藤氏所筑，有"一夜城"的传说。

"预算不够啊！除非我有动用 M 资金[1]的权力。"

大家中断写作，聚在一起讨论夏季集训的计划。我是第一次听到集训这回事，这似乎是文艺社每年的惯例。听说学长学姐们去年去了诹访湖[2]，还在文学之道公园散步。

大家讨论了几个方案之后，在可行的范围内，最后决定要去山梨县的河口湖。时间是八月上旬，是一场三天两夜的旅行。井上社长拿出手机，把这件事告诉原田哥。

"他愿意开车载我们去！"挂了电话后，社长开心地高声说。

"坐得下全部的人吗？"中野花音学姐摇着两条辫子歪着头说。

"没问题。原田哥的君爵[3]是七人座的。"七濑学姐说。

文艺社有六名社员，再加上负责开车的原田哥，算起来座位刚好够。七个人的话，就足够……

"然也！刚才我脑海里一瞬间闪过了御大的脸……"

"既然车子载不下八个人，今年就要他放弃吧，别把集训的事情告诉他哟！"

社长和副社长两人凑近脸讨论着。社长察觉到我的视线，便向

1　M 资金是驻日盟军总司令部（GHQ）占领日本时所接收的财产，但是它的存在从来未经证实。
2　位于日本长野县境内，长野县面积最大的湖泊。
3　指日产君爵（Nissan Elgrand），日本日产汽车生产的多功能商旅车。

我解释：

"御大每年都会跟来集训，花好几个小时热切地高谈小说论。我想他可能会跟原田哥起争执，所以今年就让他在家里专心写作吧。"

"原来如此，这样最好。而且，也不好打扰御大写作……"

我用力地点点头。其他社员也表示同意。

"说到河口湖……天下茶屋就在那里。"铃木润学长喃喃地说。

"铃木阁下，你知道啊？说到天下茶屋，最有名的就是太宰治为了撰写《富岳百景》而旅居于此。现在，茶屋二楼是太宰治文学纪念室……"

副社长还没说完，铃木润学长就远比平常流畅地滔滔不绝起来：

"我当然知道！天下茶屋旁边，就是旧御坂隧道的入口！那里是很有名的灵异地点，有人目击到无头骑士和头上戴着三角帽子的和尚幽灵。还有传闻说，在树海里自杀者的亡灵会在那里聚集。不过，这就有个疑问了，隧道和树海之间的直线距离长达十四公里，自杀者的亡灵会特地移动那么远的距离吗？不过我认为，幽灵不会受到距离限制吧。大家有什么看法……呜哇……啊啊！"

实习室 B 的门突然被猛地打开，发出爆炸般"砰"的一声。铃木润学长可能是惊吓过度，心脏当场停止跳动并昏倒在地——不，看他露出受惊的表情眨着眼睛，他的心脏似乎还在跳动。

女学生和男学生二人组从门口走了进来。两个人我都不认识，但是从制服上的徽章颜色，可以看出女学生是二年级，男学生是一年级。而男学生散发出一股对女学生唯命是从的气息。

二人组快步穿过实习室，在群聚讨论集训事宜的我们面前停下脚步。女学生把我们的脸扫视一遍。

"你们在这里做什么？现在不是禁止从事社团活动吗？"

她背部挺直，摆出伫立不动的姿势。不知道是不是练武之人的修养，她散发出一种独特的气息，仿佛让空气紧绷起来。她留着垂到腰部的乌黑直长发，容貌也很美丽，但她那锐利的眼神犹如出鞘的日本刀，令人感到难以亲近。

"真糟糕啊……为什么学生会的人在巡逻？你们不用准备考试吗？"

井上社长搔着头这么说。看来，眼前的二人组是学生会的成员。

"文艺社社长，井上诚一——"

隶属学生会的女学生对井上社长投以藐视的冰冷目光。

"学生会执行部经常提到你。请你不要再私下交流那种败坏风纪又寡廉鲜耻的书籍。"

她的眼神锐利到我想当场下跪磕头，但井上社长稳如泰山。

"你指什么？我知道学校里充斥着许多动漫二次创作的十八禁同人志，但跟我无关。不过，被美女用这种冰冷的视线盯着看，某种意义上是一种称赞，感觉还真不错。"

"我听不懂你在说什么，不过算了。先不提这个，佐野七濑，好久不见。"

不知为何，学生会的女学生把目光转向我。我吓得心怦怦跳，但马上就知道原因了——七濑学姐正屈身躲在我背后。

"最后一次跟你说话，是中学时吧。"

学生会的女学生用毫无亲切感的音调向学姐搭话。在她那威风凛凛的站姿背后，微微透着杀气。

"没……没错。前田玲奈……这也被你找到了。我还以为自己躲得很好呢。"

放弃挣扎，从我背后走出来的七濑学姐，正用力抿着嘴唇。

看到她们互相对峙并彼此瞪视的模样，社员们都屏息以待。紧张感支配着这个场景，众人中只有我想着其他事情。

角色并不是独立存在的岛国，彼此有关联，并互相影响。现在浮现在我眼前的，显然是"对立"的关系。强而有力地把角色联结起来，让故事更有趣的关系之一，就是对立。虽然我不知道两人之间发生过什么事情，也不知道她们对彼此抱有什么样的情感，但至少不可能是感情好或完全无关。

学生会的前田玲奈学姐一副自满又傲慢的模样，也握有权力，是个绝对的强者。不过，没有任何权力的七濑学姐，却以柔克刚般地挡开了强者的气势。然而，情况看起来像是前田学姐单方面敌视七濑学姐，七濑学姐虽然没有敌视前田学姐的样子，可也没有半点退让的意思。

每个人都不同，相同的两人并不存在。我通过观察别人的训练，了解了这一点。当两个人像这样面对面，双方在个性上的差异就会强化，并鲜明地凸显出来。故事和想象，会从鲜明的人物特色中不断扩张。眼前的这两个人之间，发生过什么事？接下来又会发生什么事？这两人的关系会如何变化……在互相瞪视的这两人旁边，我把她们当作故事里的角色研究了起来。

"学生会有事要向文艺社的各位报告。"

出声打破沉默的人，是像随从般站在前田学姐身旁的男学生。他看起来像是个认真的男生，银框眼镜令人印象深刻。

"不，也许应该说是'通知'比较正确。"

他前进半步，和前田学姐并肩而立。

"抱歉，这么晚才自我介绍。我叫石井启太。"

前田学姐和石井启太表面上是一个团队，但其实不仅如此。石井启太还是前田学姐忠诚的学弟，甚至是秘书或弟子。他们之间，显然是不对等的主从关系。

假如现在七濑学姐对前田学姐射出手里剑，石井启太就会从旁边插进来，用类似盾牌的东西来防守吧——咔咔咔咔咔，手里剑扎进他的盾牌里面。

如果前田学姐也朝我方射出手里剑，那会怎样呢？我想，七濑学姐大概会"咻"地躲在我背后。

接着，就形成了二对二的局面！

然而，被手里剑射中眉间、着实不幸的我，又该怎么办呢？如此尽情妄想的我，终于回过神来。因为，学生会二人组告知了文艺社一件不得了的大事。

"这是来自学生会的通知。文艺社即将在本年度废社。"

这一瞬间，现场鸦雀无声。文艺社众人花了一点时间才理解他的发言。

"为什么？"

开口询问的是七濑学姐。

"废社的理由，要多少有多少。"

前田学姐把长发往后一拨。

"有人向我密告，佐野七濑在四月的时候，用不正当的方法拉人入社。"

"我并没有那么做。"

"听说你缠着某个一年级学生，执拗地招揽他，然后用近似于欺诈的方法，让他加入了自己的社团。"

"啊，原来是这件事啊。"

两人的对话，令我顿时心跳加速。七濑学姐招揽新社员的方法的确有问题，但前田学姐是从哪里听到这个消息的？现在的我，很庆幸自己加入了这个社团，所以已经不介意（被迫）入社时的事情了。怎么办？我该大声主张这个想法吗？

"不管怎样，佐野那样做都是没用的。我应该跟社长说过，没有新社员加入的话就要废社。"

"没错，我的确听说了。"

井上社长沉着地点点头。

"既然这样，事情就好谈了。你们原本有五名社员，我收到报告说有一个一年级加入，但今天来到这里才知道，那根本是幽灵社员。你们知耻一点好吗？竟然用'高桥光太郎'这种不知道存不存在的名字，企图让社团存活下去！"

"不，他明明就存在，就在那里。"

听了井上社长的发言，前田学姐对四周投以惊讶的眼神。

"一、二、三……六。咦？仔细一数，的确多了一个人。他真的打从一开始就存在吗？"

"有啊！他一直都在那里。"

七濑学姐一开始就躲在我背后，而我又好几次跟前田学姐视线交汇，她竟然没有发现我的存在，这究竟是怎么回事？

"真麻烦！你为什么这么没有存在感？"

前田学姐瞪了我一眼。我什么都没做，却被她说得这么过分。

"高桥光太郎，你真的不是幽灵社员吗？"

"……嗯，不是吧。"

"你都从事什么活动？"

"我在写小说……不过，还没开始写罢了。"

"到底是怎样？"

前田学姐烦躁地敲着桌面。

"我在写小说。"

我像只受惊的小鹿般回答。

"你就招认吧！文艺社的这群社员，是不是哄骗了你这种没存在感、懦弱又不敢拒绝的学生，然后把你当作社员来饲养，就只为了让社团存活下去？"

"你说得太过分了！"

七濑学姐向前踏出一步。

"高桥同学的确没什么存在感，说不出机灵的话，个性阴沉，不起眼又没有特色，但我们并没有为了让社团存活下去而饲养他！对吧，高桥同学？"

我虽然想抗议，但还是点点头。

"高桥同学现在正要认真地写小说！"

"认真地写小说？"

前田学姐用仿佛在看六只灶马 [1] 的眼神扫视我们。

"其他社团全拿出了各自的成果。运动社团参加地区大赛，获得了名次。其他静态社团也在大赛中得到成果，或是在交流会上得到认同。然而，你们文艺社到底在干什么？文艺社也有全国性的竞赛吧？可是我从来没听过你们参加。写小说，然后阅读彼此的作品，并说出感想？这算是哪门子的成果？"

井上社长举手发言。

"虽然我们的确没有参加比赛，但我们想要创作出崭新的故事。"

"简直意义不明。"

石井启太在一旁插嘴："学校的预算有限。为了削减预算，应该废除没用的社团，把省下来的预算挪给参加县际比赛的社团。这是学生会做出的结论。文艺社似乎都在写小说，但这个活动究竟有什么意义？"

戴着银框眼镜的石井启太继续说："根据我们收集到的消息，你们会在自己人之间传阅各自撰写的小说，并且互相称赞，不是吗？写出只能在封闭团体里通行的故事，沉浸在自我满足中，真的能算是有文化的活动吗？我懂书的价值，但你们撰写的虚构故事，在我看来只不过是逃避现实的工具。"

---

1 灶马是穴螽科动物的俗名，又称灶马蟋蟀，是一种属于直翅目的昆虫。

"我们会把写好的作品发表在网络上，也申报了新人奖，并没有自我封闭。"井上社长毫不动摇地回答。

前田学姐用下巴示意石井启太退下，然后自己走上前来。

"你说你们申报了新人奖，但你们将来能成为职业作家吗？如果是对将来有帮助的活动，倒是可以分配预算给你们，但我不得不说，你们的活动实在无益。"

当沉默就要降临时，七濑学姐发声了。

"当……当然能了！"

七濑学姐走近学生会二人组。

"人类可以靠努力达成任何事。我们有个学长努力学习创作故事的技巧，现在正在游戏公司工作。既然能够借此得到收入，就不能说对未来完全无益吧？"

"你们还是老样子，这么爱做梦。"

前田学姐叹了口气。

"'人类可以靠努力达成任何事'——这种发言太不负责任了。这只会胡乱地埋下梦想的种子，助长错误的观念，让周围的人不幸。可以用这种话给人梦想的年龄，顶多只到小学低年级。只要超过这个年纪，就必须让学生面对现实，并传授适合他的生存方式，这才叫作教育。另外，佐野七濑，你那个在游戏公司工作的学长，就是原田吧？"

七濑学姐的肩膀畏缩地颤抖着。前田学姐轻笑了一声，然后像在观察实习室似的，开始走了起来。脚步声在我们背后移动着。

"为了探讨文艺社有没有存在的价值，我们针对过去十年的文艺社成员，调查他们具体究竟在从事什么工作。成为作家的，当然一个也没有。此外，也没有人从事出版相关行业，几乎所有人都在跟小说无关的领域工作。靠着文艺社活动的延伸多少赚取收入的，只有姓原田的男人而已。不过，学生会认为最大的问题，其实是说要成为作家，结果却是大学肄业的人。"

我和学长学姐们面面相觑。在场的所有人都想到了同一个人，也就是我们称为御大的男人。

"我听说那个人高中在校时，成绩经常名列前茅。"

"咦？"

我忍不住发出疑问声。难道前田学姐说的是别人吗？我这么想，井上社长便小声地向我说明。

"很久以前，御大被称为神童。虽然他当年的影子已经荡然无存。"

用"荡然无存"来形容有点过分，但的确如此。

"这不是很悲哀吗？就因为立志成为作家，那个男人的人生就走错了路。是文艺社断送了有为青年的大好未来！既然如此，各位应该能理解我们学生会为什么认为你们是个问题。"

"那个人大学肄业跟进行文艺社活动之间，并没有明确的因果关系。再说，无论文艺社是否存在，那个人大概都会立志当作家。"七濑学姐反驳道。

前田学姐在电源开启状态下放置不用的电脑前停下脚步。画面已经切换成屏幕保护程序，Windows 的商标在全黑的背景上浮动着。

"的确，这两件事之间或许并没有因果关系。不过，文艺社一定会成为让更多人想成为作家的温床。就像那边那个一年级学生一样。"

前田学姐那对眼角细长的眼睛转向我。

"你说你在写小说，那我倒要问你，你认为自己能够成为职业作家吗？"

所有人将目光集中在我身上，我全身都在冒汗。该怎么回答才好？就算说谎蒙混过去，也绝对会立刻被前田学姐看穿，只好老实说出真话了。

"我不可能成为职业作家。虽然七濑学姐说靠努力就能成为作家，但我不这么想……"

七濑学姐露出失望的表情看着我。然而，在现在的文艺社员中，有人能够出道成为作家的可能性有多少呢？学长学姐们在这间实习室里写下的小说，我也读过几部，还没有遇到敢自信地断言为具有商业价值的作品。

"但是……"

我很怕在大家面前说出自己的意见。只要视线一集中在自己身上，我就害怕得想要逃走。可是，我已经骑虎难下了。

"我们——不，至少我个人，并不是为了应征工作才写小说的。所以，那个……能不能成为职业作家，完全是另一个问题。也就是，呃，该怎么说……"

"别慢吞吞的，赶快讲结论！"

前田学姐对无法好好整理思绪的我发出焦躁声。我从刚才就隐约察觉，这个人很没耐性。

"我在想，写小说不就像照镜子一样吗？"

前田学姐露出有点感兴趣的表情。

"可以请你说详细点吗？"

"那个，我还不成熟。说真的，其实我并不知道自己是个怎样的人，不了解自己。此外，我也不太知道自己内心有什么样的梦想和欲望，或者什么样的歧视意识或骄傲的想法，甚至也不太知道自己对家人和朋友抱持什么样的情感。我正在寻找自我的路上。我觉得，靠着写小说就能逐渐了解自己。所以，对我而言，写作是必要的。就算当不了职业作家也一样……"

话才说到一半我就害羞起来，不敢抬起头来说话，因为我不想让他们看见我满脸通红的模样。说完之后，有人把手放在我的肩膀上，是七濑学姐。

"玲奈，听到他刚刚的发言，你还要说我们的写作得不到成果吗？对现在的高桥同学而言，写作可是很重要的。"

然而，前田学姐并未动摇。

"他只要自己私下创作就好，没理由特地通过社团活动来写作。写小说跟武术不同，又不需要练习的对象。"

"通过意见交流，可以客观地看待自己的作品，而且还能提升动力。"

"你们只是聚在一起其乐融融地讨论而已，不是吗？"

她们两人继续瞪着对方。不过，前田学姐突然看了我一眼，然后把盖住耳朵的头发往后拨。

"我有很多意见，但我会好好想想这个一年级学生说的话。我会把这个议题带到学生会干部会议上讨论。不过，只要无法证明社团的活动内容是有意义的，这个社团就不可能存活。"

前田学姐一个转身，背对着我们离开了。石井启太连忙追上去。在二人组即将走出实习室之前，我高声说：

"刚才那句话不是我说的！"

停下脚步的前田学姐斜眼瞪我。

"我本来想要隐瞒，但还是老实说吧。有人说过，写小说就像照镜子一样。"

"是引用哪位大文豪的句子吗？"

我点点头。

"是引用没错。虽然对象并不是大文豪，而是学年成绩名列前茅，以前被称为神童的男人。不久之前，他对我说了那句话……虽然他现在已经连神童的影子都没有了。"

前田学姐的嘴角浮现一丝嘲笑。

"原来是照着镜子，然后就此回不来的男人说的话啊，那还真是令人感慨呢！"

学生会二人组走出实习室，大门关上。我们长长地叹了口气。

隔天，学生会似乎举行了干部会议。石井启太前来报告会议结果。

"让文艺社存活下去的条件是，要在学园祭当天的静态社团联展上，拿出大家都能接受的成果。"

具体是必须满足下列四个条件：

一、在学园祭当天发行并分送收录了社员作品的册子。

二、册子里刊登的稿件不能是过去的旧作，必须是本年度撰写的作品。

　　三、册子里必须收录至少一篇新社员的原创小说。

　　四、让册子有价值。

　　学生会将仔细阅读完成的册子，以判断它有没有价值，并且严格检查是否有代笔等作弊行为。

　　我们接受了这些条件。既然可以免于废社，也就只能接受了。

　　唯一的问题，就是我没有写完小说，无法满足条件的情况。

　　写不出小说的我……

写不出来的理由

既然要举办三天两夜的集训，若没有大人同行，就得不到学校许可。虽然没办法拜托挂名的顾问老师，但我们拜托原田哥也来参加。在已经毕业、如今是个社会人的学长的率领下，终于获得学校的许可。

　　此外，还必须通知家长。虽说已经是高中生了，仍旧不能擅自离家三天两夜。在晚餐时间的餐桌上，等弟弟的足球话题告一段落，我开口了。

　　"我要去集训，所以有几天不在家，可以吧？"

　　"集训？哥，是什么集训啊？"

　　弟弟飒太探出身体。

　　"是社团活动，文艺社的。"

　　爸妈停下正在进食的手，目不转睛地看着我。我还没告诉他们，我加入了文艺社。在小学和中学时，我完全没有参加社团活动，他们两人便以为我上了高中后一定也是如此。

"光太郎，原来你加入了社团？"

妈妈很惊讶。

"你最近比较晚回来，就是这个原因吧。"

对于儿子加入文艺社这件事，爸妈抱着肯定的态度。他们没理由反对。毕竟我很少主动说出想要开始做些什么，而且爸妈虽然嘴上不提，但应该也对我最近摆出死气沉沉的态度感到担心吧。

"文艺社都进行哪些活动？"

"是不是都在探讨文学？"

爸妈露出开朗的表情这么说。这实在太没有道理了，不知道为什么，这样的光景让我很烦躁。爸妈肯定我的行为，原本应该是一件很令人感谢的事情才对。

自从我得知自己身世的秘密以来，已经过了两年。尽管这个事实太过沉重，但我还是像以前一样，扮演家庭的一员。我跟爸妈说话时的态度变得很不自然，不过，在旁人眼中看来，我们就像是个普通的家庭吧！然而，有时候我还是会突然在一瞬间感到难以呼吸。眼前这个人并不是我真正的父亲，眼前这个和爸爸笑着聊天的妈妈跟别的男人在一起，然后生下了我。我有一股冲动，想要掀掉摆着餐盘的餐桌，口出恶言地追究妈妈的背叛行为，让她哭泣……而总是阻止我的，就是飒太的存在。

我希望他能够一无所知，开朗地活着。基于这个愿望，我奇迹般地不曾引发家庭暴力，得以继续扮演家庭的一员。

"我在写小说，向学长学姐请教写作的方法。"

"哇，好厉害啊！哥，让我看你的小说嘛！"

相貌俊朗的飒太这么说。他的外表，让人一眼就能看出他继承了爸爸的基因。

妈妈看着我和弟弟对话，眯起眼睛。我把目光从妈妈身上移开。

我当然知道她关心我。可是，当我每次感受到她的温柔，心情就会焦躁起来，好想冲出有妈妈在的这个家。要怎么做才能把自己和家庭切割，变成一个独立的人格来面对妈妈？当我有一天成为大人，是不是就不会这么苦恼了呢？

文艺社的话题很快结束，妈妈开始收拾餐具。她洗碗时的背影和肩膀逐年缩小——不，其实不是她缩小了，而是我长大了吧。

我没有冲出家门，而是爬上楼梯，紧闭房门。然后，我想起某一段记忆。

我想妈妈大概不记得了，大约半年前发生过一件事。尽管那是段非常真实的记忆，但它的轮廓却像雾中的梦般朦胧。

它发生在一个寒冷的冬天傍晚。我回到家，看到妈妈正躺在沙发上睡觉，桌上放着开封的感冒药盒。那一天，妈妈从清早就一直咳嗽，大概是感冒了吧。她把靠垫当作枕头躺着睡觉，身上盖着薄毛毯。室内有点昏暗，但因为电暖炉开着而十分温暖。

妈妈察觉我进入室内，眼皮开了一道缝隙，用手肘稍微撑起上半身。她可能是睡迷糊了，又或者是脑袋在药物作用下变得昏昏沉沉，也大概是因为我当时正要出现第二性征，体格逐渐产生变化的关系，在电暖炉的红光照射下，我的站姿一定很像那个人吧。

妈妈看见我，却不是喊我的名字，也不是喊爸爸的名字……而是一个我从未听过的名字。尚未完全从睡梦中清醒的妈妈，那副表情似乎透露着怀念之情。由于事情发生得太过突然，我顿时全身僵硬。

恐惧感在我心里萌芽。妈妈看到了我不认识的人。我僵硬得连一毫米也动弹不了。妈妈可能是抵抗不住睡意，又闭上眼睛开始打盹儿。直觉告诉我，妈妈梦见了我真正的父亲。

我冲出家门，在寒冷的夜色中奔跑。我坐在车站前，不良少年们一直往我这边看。我虽然想进快餐店去躲避那些不良少年，可我没带钱包。我再次在夜色下狂奔，到公园里消磨时间，却被喝得酩酊大醉的大叔怒骂了一顿。无论车站前或公园都待不下去，也没有可以收留自己的朋友，无处可去的我只好回家。那天晚上，我完全不敢看妈妈的脸，只是把自己关在房间里。我也想过追问妈妈，但在弟弟面前，只能打消念头。在寒夜中冻僵的手，迟迟找不回感觉。

　　不可思议的是，我想不起妈妈当初说出口的人名，大概是从记忆中抹除了吧。我怀疑，妈妈也许至今还在跟那个人暗通款曲，便监视她的行动。我想，要是能够抓到证据，就能够借正义之名将她定罪。然而，妈妈的行动没有可疑之处。没多久，我就因觉得这样做很愚蠢而放弃了。

　　穿过八王子交流道，登山道便多了起来。坐满七个人的多功能商旅车果然很重，君爵伴随着高昂的引擎声行驶在慢车道上，被红色跑车追赶过去。

　　"就是说啊！体制派根本不懂这一点！学生会的那些人，竟然说写小说没用！"

　　井上社长向正在开车的原田哥抱怨。

　　"不必在意。他们并不知道，把个人的想象和思绪写成文字，对人类的进步和文化发展有多大的贡献。或者说，他们根本没有兴趣知道。先不提这个，文艺社终于要发行社刊了吗？真令人感慨啊。"

　　"对，没错。"

　　"接下来，最辛苦的人或许是担任编辑的七濑吧，收集原稿、排版、制作目录和封面，还要进行校对。在大家交稿之后，还有很多事情要做。"

"是，我会努力的！"

尔后，原田哥还跟坐在副驾驶座的七濑学姐有一些对话，但坐在君爵第三排座位的我，看不见那两人的表情。

我轻轻闭上眼睛又睁开。我想要逃离逐渐扩大的不安，便眺望着窗外的美景。然而，树木的翠绿和远方的山棱线无法减轻我的压力。不久，君爵便开进小佛隧道。规律出现的橘色灯光，仿佛一次又一次地问我："你写得出小说吗？"

要是我无法完成小说，进而无法收录在社刊里面的话，文艺社就要被废社。这是学生会提出的条件之一。学长学姐们也许是不想给我压力，没有人催促我赶快写作，但我从那一天开始，就不断感受到沉重的压力。我每天带着焦虑的心情对着电脑，但原本就迟迟没有进展的小说，仍然停在原处。当我越是着急地想必须写作才行，下一行就离我越遥远。

"我们在谈合坂休息区休息一下吧。"

原田哥慢慢把方向盘向左打。

"呜哇啊哇！"

我坐在最后一排，隔壁的座位发出惊叫声。每当车子变换车道，铃木学长都会发出悲鸣，但社员们对此习以为常，一句话也没说。

几天前，铃木学长给了我一个建议。"我觉得有趣的人一定写不出有趣的小说。正因为我很胆小，才写得出恐怖小说。所以我想，没趣的人，一定写得出有趣的小说！"原来如此，我恍然大悟。过去我一直认为，像我这种没趣、说话不机灵、头脑不好，也没有明显特色和专长的人，根本写不出有价值的小说。不过，说不定就是像我这样的人，才写得出东西来。

"'谈合坂'真是个怪名字。"

"有人曾经在这里谈和吗？"

我们在休息区下了车。社员们都伸着懒腰走向厕所，而我则是叹着气跟在大家后头。上完厕所之后，我慢吞吞地洗着手。抬头一看，一无是处又可悲的我，正从镜子里看着自己。

"好怀念去年的学园祭，那时候超好玩的！"

在休息区里，井上社长一边大口吃着原田哥请的现代烧[1]，一边这样说。铃木学长手上拿着生姜烧热狗堡，但也许是怕烫，迟迟没有吃。

"你们去年做了什么？"

我没有食欲，只喝了一口茶。

"卖团子。取名叫文豪团子，像是太宰团子或三岛团子，但其实搞不懂它们之间有什么差别。我明明提议要出社刊。"

1　原文为モゲソ焼き，是一种加了炒面的铁板烧。

七濑学姐吃着和原田哥一人一半的小佛烧[1]。

"说到社刊，我觉得我也有责任。"原田哥说。

我最近才知道，原田哥那一届曾经尝试发行社刊，和这次一样，原本计划在学园祭时发行。然而，小原田哥一届的学弟，也就是御大毁了这项计划。

御大过去被称为神童，但同时也是个有名的怪人。听说当年每到放学后，走过"知识之桥"，就会看到河景区出现异样的景象。戴着白色手套的御大露出阴气逼人的表情，唰唰唰地在稿纸上写作。那个地方既阴暗又冒着热气和压迫感，没有人敢靠近。

"那时候，大家都是第一次写小说，而且人数很少，这让我们很不安。但是，我们所有人还是约定好，一定要完成三十张稿纸长的作品并发行社刊。可是，到了交稿日，那家伙却没有带原稿来。他应该真的写了，却拒绝把它登在社刊上。其实我们也可以只用其他社员的作品来发行社刊，但因为一开始就约好要刊登所有人的作品，所以就没在学园祭当天发表了。当时，我决定等那个家伙完成原稿，然后再找别的机会发行社刊。不过，我现在正在反省当初做了错误的决定。"

因为，御大最后并没有完成小说。结果，原田哥还没来得及发

1　小佛烧为谈合坂的名产，是一种包了猪肉、洋葱和高丽菜的馅饼。

行社刊就毕业了，计划就此中断。这个文艺社，连一本社刊都不曾发行。

"所以，这次我要以毕业学长的身份，尽可能地协助你们。"

"拜托你了，学长！"

井上社长一边大口吃着现代烧，一边向原田哥低头行礼，然后转向所有社员。

"我们要集结团队的全力，让学生会跌眼镜，把文化找回来！"

虽然不太清楚何为"团队的全力"，但社员们都点点头。

"就是说啊，大家一起做出很棒的社刊吧！"

七濑学姐用开朗的语气这么说，然后偷偷瞄了我一眼。只有我一个人默默低着头。

"然也！气氛真好！人乃城郭，人乃石墙，人乃护城河，[1] 就把今天的这一瞬间命名为'谈合坂之誓'，并让它流传后世吧！"

水岛副社长一边吃着桔梗信玄饼，一边低喃着可能是源自武田信玄的话。

我也好想写小说。对现在的我而言，无论在家或在教室都找不到归宿，文艺社就是最重要的地方。要是文艺社不存在，那我就没

1　此为武田信玄的名言，意为胜利的关键在于人。

有机会跟七濑学姐见面了。然而，我却写不出小说来。

透过车窗看见河口湖的瞬间，大家齐声发出"哇"的赞叹。君爵沿着湖边的道路前进，不久后便抵达了旅馆。

旅馆的名字叫作北滨庄。据说只是因为便宜而选了这里，但一眼就看出是个好地方。从墙壁、走廊和大门可以看出这建筑相当老旧，但似乎维护得很周到。从大厅望出去的湖景盛大地欢迎着我们。窗外的河口湖漫延开来，富士山在湖的另一头昂然耸立，山腰处有细长状的白云飘浮着。

"好令人感动的景色！虽然太宰挪揄富士山是澡堂的背景画，但实际见到了还是很壮观。"

我们都同意原田哥说的话。眼前的富士山不仅是徒具形式的美，还内含我们不能闯入大自然。即使隔着大厅的窗户，那股大自然的美依然直逼过来。

好一会儿，我们凝视着高耸的富士山和富士山前散发着光芒的湖面。北滨庄下是一小片沙滩，沙滩上有个码头，可能是给钓鱼船用的吧，码头边还绑着一艘用手划桨的小船。

"那是什么？小岛前面有东西。"

面向河口湖的右手边，有一座小小的岛。凝神细看，小岛前好像有什么东西在动。

"是鱼的影子吗？可是那也太大了吧！"

"该不会是未知生物？"

"是……是河口湖水怪！"

铃木学长大叫。湖面正中央，有个谜一样的物体在蠢蠢欲动。

"那不就只是一艘小船吗？"

正如原田哥所说，那不是河口湖水怪，看起来只是艘小船罢了。但如果真的是船，那人在湖面上做什么？"咔嚓"一声，铃木学长用智能手机拍下照片。

走上楼梯，客房的门在狭窄的走廊上一字排开。每个房间都有自己的名字，像是东南茜草、朝雾草和紫藤，等等。我们一行人分住三个房间，分别是男生房、女生房和原田哥的房间。

井上社长、铃木学长和我一起睡"皋月杜鹃"房，就位于走廊最尾端。十张榻榻米大的房间里有小型电视机和冰箱，只要拉开纸门，就能看到玻璃窗外的河口湖和富士山。墙壁和榻榻米都很老旧，总觉得有一股浓重的阴影。井上社长满意地说"这房间真是别有韵味"，铃木学长却一脸苍白。

"这个房间，会有不属于这世界的东西跑出来。你们看，墙壁上的污渍简直就像一大群人的掌印……"

"你想太多了，学长。请冷静下来。"

"看，就连天花板的木头纹路，都浮现了一张张痛苦的脸……啊啊啊！"

"学长，你冷静点！先别说这个了，你的集训行程表可以借我看吗？我的好像不小心弄丢了。要是多拿了一张就好了……"

为了这次集训，七濑学姐制作了行程表。A4大小的纸张上，记载了三天两夜的行程和北滨庄的电话号码。但是我把它忘在社办，结果就弄丢了。

铃木学长一边在意着天花板的木头纹路，一边从包包里抽出行程表给我看。按照这张行程表，等一下所有人要在一楼大厅集合，讨论制作社刊的相关事宜。我们已经取得了使用大厅的许可。如果有团体客人来住宿，大厅要借给他们开宴会的话，我们应该会遭到拒绝才对。但是，除了我们，目前在此住宿的人，就只有一位男性客人而已。

"晚上是游戏大会，要玩'猫与巧克力'！"

井上社长露出温和的笑容这么说。铃木学长还在害怕着什么。

到了开会时间，我们三个男生便下楼去。由于冷气开着，所以大厅的纸门是关上的。进了大厅后，女子三人组正在和原田哥聊天。

"啊，社长，差不多要开始了吧？"

"是啊。先把桌子移到中间来吧。"

这时，站在窗边附近的水岛副社长出声了。

"咦？"

她贴着窗玻璃，凝视着河口湖上的一点，而我们也跟着照做。

面对河口湖的右手边，有一座小岛。现在，的确可以看到一个东西浮在湖面上，正从小岛的方向朝这里靠近。我们接收到了对方想要上岸的意图。

刚才我们说是未知生物或河口湖水怪的东西，果然是一艘船。从这里可以清楚地看见一个男人的轮廓正背对着我们划桨。

大家面面相觑，为了确认划船男子的长相而跑出大厅。北滨庄的一楼正面入口面向着马路，沿着楼梯往下走是地下室，那里有一扇可通往大澡堂和沙滩的后门（似乎是因为沙滩和马路之间有高低差，便形成了这样的结构）。旅馆主人用惊讶的表情看着我们跑下楼梯朝后门走去。

后门旁有三双木屐，由于被先到的几个人穿走了，我便穿着拖鞋直接去外面。这时，那条船已经抵达北滨庄背面的迷你码头。

"什么嘛，你们也来了啊？还真巧啊！"

从船上下到码头的男人如此宣称。我们果然没有看错，那个划船的男人，正是过去被人们称为神童，但如今已经不复当年的男人——御大。

"是吗？仔细一想，现在正好是集训的时期。今年的集训地点该不会是河口湖吧？原来是由前社长原田负责带领的啊。"

御大从船上拉出绳索，绑在码头上。

"武井，你在这里干什么？"原田哥质问道。

"我为了取材，从昨天就投宿在这家旅馆。"

我们再次面面相觑。看来，投宿在北滨庄的另一名男性客人就是御大。

"你说取材，是为了小说吗？"

"没错。我想要写一部跟印度教女神'妙音天女'（Sarasvati）有关的小说。提到妙音天女，就是日本人所说的弁财天。我稍微调查了一下，得知漂浮在河口湖上的小小无人岛上，有一间祭祀弁财天的神社。然后，我决定试着登上那座小岛。那可真是一个很有意思的地方！无人岛上有鸟居和小山，山顶上有着祭祀神明的神社，实在太棒了！"

"你还是老样子，就连对年长的我说话，都像跟同年级说话一样。"

"年级的差异有什么意义？"

这实在不像御大会说的话。他明明说过，帮助有困难的学长是学弟的义务，还让我替他付了餐费。背对原田哥的御大，抬头仰望河口湖对岸的富士山。

"奇妙的巧合经常发生。美国职业棒球大联盟的球星里奇·阿什本（Richie Ashburn），曾经两次用界外球打中同一位观众。在阪神大地震中奇迹脱险的咖啡厅，店名就刚好叫作'五点四十五分'。不过，真没想到我前来取材的地点，竟然和文艺社集训的地点一样。也许是你们渴望见我一面的心情引发了这次巧合，但我忙着取材，没空理你们就是了。我要调查的事多得跟山一样，没时间跟高中生在这里废话。不过，既然刚好投宿在同一家旅馆，那就没办法了。我可没无情到无视你们的存在。你们随时可以到我房间来！我就住在'菊花'房。记住，是'菊花'啊！随时都可以来啊！"

御大从口袋里拿出香烟和打火机。这时，有个东西一起从口袋里掉了出来，随着偶然吹起的风飘到我的脚边。捡起来一看，发现是一张折得跟香烟盒差不多大的纸。

"你的东西掉了。"

纸张的折痕上，有着很眼熟的文字。那是七濑学姐制作的集训行程表，上面有我的笔迹，写着我打算带来集训地点的物品清单。

也就是说，那张纸其实是我忘在社办里的行程表。御大毫不客气地走近我，一把抢走那张纸，塞进自己口袋。

"这是我的秘密取材笔记。上面写着许多有关妙音天女的资讯，像是三围之类的。"

御大都这么断定了，我也只能点头。

划着船从河口湖出现的那个男人，留下一句"再会啦"便走向"菊花"房。回到大厅的我们为了开会讨论，慢吞吞地排着长桌。跟伙伴一起集训是件非日常的事情，大家原本对此感到雀跃，却因为中途杀出不速之客而彻底意志消沉。井上社长深深地叹了口气。

"这下子可麻烦了，他为什么会知道这个地点？虽然他说是奇妙的巧合……"

我不敢说出是因为自己把行程表弄丢了，只是低头搬运长桌。这时，搬着桌子另一头的铃木学长突然停下脚步。

"难不成，御大为了得知这个地点，跟恶魔订下契约……"

"不可能吧！再说，那个人简直像是一出生就已经跟恶魔订契约了。"

四张长桌在大厅中央摆成长方形。水岛副社长发坐垫给大家，开会的空间便完成了。

"不应该出现的人物出现了。就像中国大返还[1]一样吗？"

社长和副社长坐在上座，其他社员坐在两侧。坐在下座的原田哥开口了：

---

1 原文为"中国大返し"。1582年，丰臣秀吉奉主公织田信长之命前去攻打备中国高松城（今日的冈山县），途中得知明智光秀叛变，便挥军返回山城国山崎（今日的京都府）讨伐明智光秀，此次行军称为中国大返还。此处的中国意指日本本州岛西部的冈山、广岛、山口、岛根、鸟取等地区。

"虽然对各位很不好意思，但是那家伙也很寂寞吧，这次就当作偶然吧！"

七濑学姐开始在大厅角落泡起茶来，端给所有人之后，自己也坐下来。井上社长用严肃的语气说：

"那么，文艺社在河口湖集训的第一场会议开始！"

水岛副社长打开笔记本电脑，其他社员则是准备了笔记用具。

"总编辑，接下来就交给你了。"

井上社长只说了一句开场白，就把主持会议的工作全部交给了七濑学姐，这未免太随便了吧！关于社刊，目前仍旧毫无头绪，但只有由七濑学姐担任总编辑这件事，早在暑假之前，大家便一致通过。七濑学姐往手边的笔记本看了一眼，便从容地开口了。

"首先，社刊要取什么名字？"

"名字代表社刊的颜面，所以很重要。"

"只用在这一次吗？还是未来也要一直沿用同一个名字？"

"今后应该也会继续发行社刊吧？"

"那当然！要用同一个名字来发行 vol.1、vol.2、vol.3……"

"那创刊号的责任就很重大了，毕竟会流传到后世啊！"

"说到杂志的创刊号，价钱总是特别便宜。"

"然也!《日本之城》系列[1]很棒,不管出了几本我都想要!"

富士山俯瞰着吵吵闹闹的我们。

"学姐,现在不是在讲迪亚哥啦!你有没有什么好点子?"

"有一个。从以前到现在,我一直珍藏着一个名字,就是为了有一天要发行社刊的时候,要取这个名字。"

水岛副社长用严肃的语气说。

"跟社刊匹配的名字,就是这个!"

她把笔记本电脑转过来给我们看,屏幕上用特大字形写着"武士"[2]。

"不行啦!"

"美优,不要开这种冷笑话!"

"我也觉得行不通……"

不过,社刊要取什么名字,是个非常困难的问题,就像要给子女取名一样。我的名字是爸爸取的——想到这里,我便把这个念头赶出脑海。都来到这里了,我不想再想起家人。

结果,社刊的名字暂时被按下不表。

接着,我们开始讨论封面该怎么设计。身为总编辑的七濑学姐,

---

1 《日本之城》(日本の城)是由日本迪亚哥(De AGOSTINI Japan)出版的周刊。

2 在日文中,社刊与武士同音。

似乎事先想好了几个大方向，借此缩小讨论的范围，例如，封面是要用照片还是插画，素材是要自己准备还是跟摄影社或漫画研究社合作，等等。讨论的结果是，要使用社员拍摄的照片作为封面。

"请大家在这次集训中拍摄各种各样的照片。"

七濑总编辑逐一做了决定。

"关于社刊的内容，首先每个人都要完成一篇原创小说，没问题吧？除此之外，还要由社长来写后记。其他还有吗？我参考了其他学校文艺社的活动，他们一样是以小说为主，不过，也有人写诗、俳句、短歌¹或论文。"

"的确，内容多样化一点，给学生会的印象或许会比较好。"

"可是，我们又不是为了学生会才出社刊的。"

"话是没错啦……"

"水岛学姐，你有没有兴趣调查某方面的历史，然后写成论文？"

"也不是没有兴趣，但我还要准备考试，没办法挤出那么多时间。铃木呢？你是二年级，应该比较有空吧？要写写有关灵异现象的主题吗？"

"这太不敢当了。要是被人家拿去跟超自然研究社的展示板相比，就太难为情了……不过，我有一个梦想，总有一天我要独自走

1　短歌是和歌的一种，格律为五、七、五、七、七。

遍全国的灵异地点，可是目前还没有这个勇气……"

"我可以说句话吗？"原田哥第一次开口。

"不管论文也好，小说也好，最好不要写自己已经了解或熟知的内容。自己老早就懂的事情，不会是什么了不起的写作材料——别写自己'已经知道'的，该写的是'想要知道'的。想知道、想理解和想探索的事物，才能成为小说或论文的主题。"

原田哥说的话，在不知道该写什么才好的我心中回响。自己想知道、想理解、想探索的事物，究竟是什么？

"啊！"

中野学姐突然想到了什么似的叫道。

"我说七濑，虽然编辑工作很辛苦，但你要不要试着写写诗或短歌之类的？"

"咦？我不行的啦！"

"你可以趁等待大家交稿的时候写啊！假如社刊上刊登了诗或俳句，说不定会有新生对这些有兴趣而加入我们。"

"呃，可是……我对那些……"

原田哥露出温柔的笑容看着七濑学姐。

"七濑，你就试试看嘛，你想成为编辑吧？既然要协助写小说的人，那你最好也体验一下他们品尝到的创作辛劳。短歌的话我稍微懂一点，可以教你。"

“……好吧。”

七濑学姐下定决心般地点点头。

“我知道了。虽然可能会写出奇怪的东西，但我尽量。”

最后要讨论交稿日期。学园祭在今年九月二十七日举行，从这一天反推回来，为了在两周前送印，所有作业必须在九月十三日完成。七濑学姐说，她会尽可能在送印之前完成编辑作业，但最终作业需要三天，可以的话希望有一周。在这之前，还需要一周的时间进行校对。

“所以，希望大家在九月一日之前交稿。”

“也就是在暑假期间写作？”

“这个嘛，只要在暑假期间努力写，应该应付得来吧。”

所有人偷偷地瞄着我。

“喏，还有一个月，时间很充裕啦！”

“然也。令人意外的是，小说这种东西，只要开始下笔，转眼间就写完了。就像墨俣城在一夜之间建成一样。”

“最重要的是，不要心急。”

我的眼神大概很空洞吧。不过，我还是努力挤出力气回应，以免让大家担心。

“我……会尽量……写……的……”

然而，却有一句话宛如念经般，在我脑海中反复播放。

要是我写不出小说就要废社。

要是我写不出小说就要废社。

要是我写不出小说就要废社。

"社刊的话题到此为止。接着来讨论创作吧！"

井上社长用异常开朗的语气说。

"今天就来讨论'写不出来时怎么办'，如何？"

"好啊！我也很有兴趣知道大家写不出来的时候，是怎么摆脱'瓶颈'的。"

社长和七濑学姐的语气都很不自然。

"如果知道大家写不出来的时候都怎么办，应该很能作为参考吧！这样一来，一定可以唰唰唰地写完！"

"然也。听说近松门左卫门[1]也曾经陷入'瓶颈'。至于参考伙伴的方法之后就写得很顺的人，好像有，又好像没有……"

"我也一直对这个主题有兴趣。"

虽然很感谢学长学姐，但我还是觉得坐立不安。他们大概趁我不在的时候，事先讨论过要聊这个话题吧。

"呃……那……我也有兴趣。"

在我发出微弱声音的瞬间，大厅的纸门猛地打开了。纸门在沟

---

1 近松门左卫门（1653—1725），江户时代的净琉璃与歌舞伎作者。

槽上滑行，撞上柱子，发出"砰"的巨大声响。这一次，就连铃木学长以外的社员都吓得发出惊叫。

"哎呀哎呀，这还真巧啊！"

来者说话的语气也很不自然。

"我刚好想在大厅看看富士山，就顺路绕了过来，没想到你们正在这里开会。真没办法，那我就参加一下吧！"

御大的出现，让所有人都叹了口气。

"如果你想加入我们的话，就说啊。"

原田哥露出傻眼的表情。御大走向上座。井上社长和水岛副社长互望一眼，便无言地让出位子。御大一屁股落座，盘起腿来。

"你说我想加入你们？哪有那种事？是你们刚好在我要去的地方开会的！话说，你们讨论到哪儿了？你们不是在讨论社刊吗？"

"你连我们要出社刊都知道啊？"

"我听到一些风声。学生会提出的条件，我也听说了。"

在排成长方形的长桌两端，御大和原田哥面对面坐着。七濑学姐倒了一杯茶，轻轻放在御大面前。

"水岛，会议记录给我看一下。"

水岛副社长遵照原田哥的指示，把笔记本电脑的画面转向御大。上面应该显示着我们刚才讨论过的内容。御大一边向周围发出压迫感，一边瞪着会议记录看。

"怎么样？到目前为止有意见吗？"

御大把笔记本电脑还给水岛副社长，双手交抱，闭上眼睛。两道粗眉皱了起来，露出正在思考的表情。

"有，我有意见！"

他睁开眼睛，瞪着我们。

"简单一句话，太肤浅了！你们根本什么都不懂！其乐融融地轻松聊天，一定很开心吧？文艺社正面临存亡关头啊！"

"到底哪里有问题？"

"封面啦！用你们旅行时拍摄的照片，绝对不会是什么好封面！还是我来想办法吧！至于社刊名称……没办法，我之后再来取！"

"武井，你给我回去！"

"为什么？我是认真的啊！"

"既然这样，那就更令人火大了！"

原田哥站了起来，瞪大眼睛。在长方形桌子的另一头，御大也威武地站着。现场的气氛一触即发，我屏住呼吸。这时，井上社长露出困扰的表情介于两人之间，双手在他们眼前挥舞。

"好了好了，学长们，请坐下！这次就看在我的面子上，算了吧。"

窗外的鸟飞来又飞走。原田哥和御大用锐利的眼光盯着井上社长，过了一会儿，便慢慢地坐在榻榻米上。面对低头的井上社长，御大则是用鼻子"哼"了一声。

"你这张跟红豆大福一样的脸害我没干劲儿，就算了。"

"对吧？"

井上社长露出微笑。他竟然敢当场站起来，并且镇住这两个人，这让我在心里暗自尊敬起他来。原田哥喝了一口茶。

"社刊的名字，不能由已经毕业的你我来决定。如果不是由现任社员决定，那就没有意义了。封面照片也一样，你没理由否定。"

"我是为了文艺社着想！"

"说穿了，你只是想参加讨论而已，所以才会否定已经定案的事项吧。我们要继续讨论了。你要是再插嘴，就给我滚出去！"

御大似乎还有话想说，但最后还是闭上了嘴。

经过井上社长打圆场之后，会议再度开始，众人针对摆脱"瓶颈"的方法提供意见。我知道大家都很担心我，所以我就很认真地倾听。大家最常提到的解决方法是"暂时停止写作，接触其他的作品"。还有，使用不同的文字处理软件来转换心情也是个好点子。另外，还有人提出可以去散散步，或是跟别人聊聊等意见。

"以我个人来说，当我写得不开心的时候，就会写不下去。"

原田哥也分享自己的经验。

"像这种时候，正在创作的故事多半有问题。当我下意识地觉得自己的作品很无趣，敲键盘的手就会停下来。然而我不想承认自己的作品有问题，便依赖惯性继续写作，于是就会感到痛苦。解决方法是改善故事本身的问题。不过，在某种意义上，这是比写作还要困难的事。"

我看向御大，总觉得他好像很不爽。他一边用食指咚咚地敲着膝盖，一边看着窗外。

"武井你呢？你应该也长期陷入'瓶颈'了吧？"

"我不是陷入'瓶颈'，也不是写不出来，而是不写。"

"为什么不写？"

"我没义务回答你。"

原田哥瞪着御大。然而，御大只是沉默地凝视着窗外的富士山。

"武井，你根本就没在写小说，却假装是个一流作家，用瞧不起人的态度贬低其他社员写好的作品，你不觉得羞耻吗？学弟学妹们尽管还不成熟，但是跟一部作品都没写完的你比起来，把作品完成的他们比你更了不起，不是吗？"

御大站了起来。我以为他要反驳，但他只是背对着我们，走出了大厅。

到了晚餐时间，我们再度坐上原田哥的车，前往七濑学姐事先预约的店家。我们点了一种叫作"馎饦"的乡土料理——把面粉揉成的面团切成大块，再以味噌熬煮。食材里的南瓜融化在汤里，滋味温润得妙不可言。

饱食一餐的我们走出店外，晚霞漫延在天上。在回旅馆的路途中，从车上看见的富士山染成了淡淡的粉红色，煞是美丽。

回到北滨庄的房间时，棉被已经铺好了。我和井上社长、铃木学长三个人准备洗澡，便前往地下室的男子澡堂。这时，我隔着后门上的玻璃，看到御大走在湖边的身影。

"我要去看一下湖。"

我草草套上木屐，走到屋外。太阳已经下山，河口湖上暗淡无光，湖水在黑暗中发出哗啦哗啦的声音。我之所以沿着湖畔追赶御大，是因为他的背影看起来有点寂寞，令我想要主动向他搭话。御大察觉我靠近，便用鼻子"哼"了一声。我们肩并着肩，在湖边散步。

"那个，你可以把行程表还给我吗？"

"你在说什么啊？"

御大装傻。河口湖大桥上成排的橘色灯光倒映在湖面上，从岸边吹向湖面的风，让白天的暑气消失无踪。御大像是突然想到似的说：

"社刊要钱吗？还是免费？"

"就算要钱，御大你也不用付钱就能拿到一本吧。"

"我不是在担心这个。刚才我看到会议记录的时候，就一直在想一件事。虽然根本没人认真听我发言……"

御大的意见，总的来说就是——关于文艺社的存续，学生会提出了几个条件，而其中一项是"让册子有价值"。

御大一直挂念着这一点。究竟要由谁、用什么方法来判断册子的价值？如果要以内容来判断价值还算好，然而也许有肤浅的人不阅读上面刊登的小说，只从外观来判断价值与否。此外，学生会也可能像现实中的出版业一样，用销售量来判断它的价值。也就是说，判断标准并不明确。因此，我们在制作社刊时，应该要顾及所有条件才是。

"学生会那么顽固，你觉得他们会阅读模仿恐怖小说、BL 小说和轻小说的大杂烩，然后做出它'有价值'的判断吗？所以，社刊至少要采用好看的封面，要让人家光是拿在手上就觉得它有价值。如果价值的判定标准在于装帧，不妨让社刊有个定价。在装帧上花点钱，就能做出精美的东西。不过，假如判定的标准在于发行册数，那最好还是免费赠阅，毕竟书实在不好卖。总之，实际上就是两者都要兼顾吧……"

"这个意见很中肯啊，为什么不当场说出来？"

"我想说啊，可是中途被打断了。而且，我刚刚提出的想法，它的态度其实是很被动的。这种做法是配合学生会的方针，目的只是让文艺社达到不废社的合格标准。我不喜欢这种做法，所以很犹豫该不该开口。不过，现在倒是很庆幸当时没有这么提议。因为，这样我就能抬头挺胸地对你说——"

停下脚步的御大直视我的眼睛。

"你要真正靠着小说内容决胜负！要写出让学生会那伙人下跪磕头请求原谅的杰作！"

"……好。呃，不过……好。"

我完全没有自信能写出那种东西。

我们望着湖面好一会儿。由于走了好长一段距离，河口湖大桥的角度已经跟刚才不同。御大低喃着"回去了"，一个急转弯转向北滨庄。我们两人都没说话，耳边传来木屐踩在湖边小石头上的声音。我打算等一下要洗个澡，然后参加游戏大会。御大该不会也想参加吧？大家一脸不情愿的样子在眼前浮现。

走到北滨庄附近，御大突然平举手臂，挡住我的去路。

"停！"

御大小声地说，把视线集中在一点，然后压低身体，躲在建筑物的影子里。他对我招招手，我便走近他身边。

御大的视线前端是码头，就是他划船上岸的那个码头，现在有两个人影坐在那里。凭借月光和建筑物的灯光，勉强能看出那两人是谁。其中一人是原田哥，七濑学姐紧挨着他。

"我早就隐约发现了。他高中毕业后还是常来学校露脸，帮这帮那的，就是为了这个目的！"

"咦？什么目的？"

我也配合御大压低声音。

"爱装亲切的家伙，都有特别的企图，看到就知道了。"

御大屏住呼吸，盯着坐在码头上的两个人。他们好像边看着湖边聊着什么。虽然听不到声音，但七濑学姐一定是为了校刊，或是不得不写的诗或短歌，正在请教原田哥吧。两人前方是对岸的灯光，虽然湖上只有一片黑暗，但对岸应该耸立着一座富士山。耳边传来哗啦哗啦的湖水声。

七濑学姐低着头。我想起自己跟七濑学姐一起坐在车站长椅上的回忆。当时，学姐低着头，一双轮廓清晰而乌黑的眼睛蒙上了阴影。那一天，我发现自己喜欢上了七濑学姐。刚认识学姐的时候，我以为她是个自私自利、不惜践踏别人心情的人。她却说，她想阅读我写的小说。七濑学姐那句"你还想继续写小说吗"，至今仍然留在我心里。

"开始了。"

御大的声音在我耳边低语。模糊的意识中，我让双眼的焦点集中在眼前的光景上。

原田哥的手臂搭在七濑学姐的肩膀上。七濑学姐则倚靠着他的手臂，脖子微微倾斜。我屏住呼吸，凝视着这幅光景。

他们将身体依偎在一起，就此不动，夜晚的风不再吹拂，湖面上风平浪静。水声仿佛融进黑暗中消失了。七濑学姐抬起头，两人的唇慢慢地碰上。月光照耀着两人分开的脸。

我背对着那两个人。

"光太郎！"

御大的声音从背后传来。我背对着那两人和御大，也背对着世界，就像想逃离沙滩似的迈出脚步。

双脚失去了感觉。我刚才到底看到了什么？我朝着朦胧的灯光摇摇晃晃地走去，觉得自己就像一只飞向捕蛾灯的飞蛾。

当我回过神来，人已经站在北滨庄的正门前。我打开老旧的玻璃门，用发条人偶般的动作脱下木屐，换上拖鞋。某处传来文艺社社员们吵闹的声音。大厅的纸门开着。

"高桥同学，这里这里！"

他们招呼我过去，我便走进大厅。井上社长、水岛副社长、中野学姐和铃木学长都在。

"来玩'猫与巧克力'吧，这个游戏很简单，很快就会玩的！"

"然也！不管多荒唐的故事都可以，在这个游戏里，只要尽情编故事就行了！"

我被拉了过去，跟他们围坐在一起。我模糊地想起，他们跟我说过晚上要玩一个叫作"猫与巧克力"的游戏。三张叫作道具卡的东西，马上就被分配到我眼前。

"高桥同学，你在听吗？听好啦，这个游戏的目的，就是用这些道具卡来避开危机，然后逃离古老的洋房。从我先开始，看清楚！轮到自己的时候，首先要翻开一张危机卡——"

正面向下盖住的卡片山，似乎就叫作危机卡。井上社长翻开最上面一张卡片，放在卡片山旁边。卡片上写了危机的内容，井上社长把文字稍作变更并朗读出来。

"我前往玄关大厅时，不知从哪里传来巨响的笑声，让我头痛欲裂。我得想办法摆脱头痛才行。看来，要避开这个危机，必须使用两个道具。好了，我该怎么办呢？"

危机卡正面印着危机内容，背面印着数字。从卡片山中翻开一张时，下面出现的数字，就是可以使用的道具数量。

井上社长思考了一下，展示出手上的一张道具卡，卡片上写着"口香糖"。

"我的回答是这样的：嚼个口香糖，借此把头痛忘掉吧！效果非常好。因为那是全世界最难吃的口香糖，那股冲击力大到可以让头痛烟消云散。"

然后，他又秀出一张道具卡——"鸟笼"卡。

"不过，因为口香糖实在太难吃了，所以就观赏鸟笼里的鸟，让心情平复下来。如此一来，我就脱离危机了。好了，你们评分吧。"

"难吃到能消除头痛的口香糖？有这种东西吗？"

"有啊，大家吃吃看就知道了！"

借着吃口香糖来忘记头痛，然后欣赏小鸟来缓和心情，摆脱危机。对于井上社长的这番回答，其他人一起讨论，决定是否通过。最后，以多数表决通过了。

"那我得到一分。下一个是高桥同学。你玩玩看就会了，首先要抽一张危机卡。"

在他们的催促下，我翻开一张危机卡。根据卡片上的文字，我现在身处一栋古老洋房的舞池里。很没道理的是，我头上有一盏巨大吊灯正掉落下来，再这样下去，我会死的。

卡片山最上面的数字是三。我必须把手上的三张道具卡全部用上，编造出可以逃离危机的故事。我拥有的道具卡是"雨伞""牛仔裤"和"硬币"。

我头上有一盏巨大的吊灯要掉下来了。要怎么做，才能用"雨伞""牛仔裤"和"硬币"攻克难关？

"强词夺理也没关系哟，什么样的故事都可以。不要受限于社会常识，也可以无视宇宙法则。你就自由地编造故事吧！"

"高桥同学，只要能够说服大家，你就能得到分数。"

我脑海中没有浮现任何想法。如果是自己被吊灯压扁，全身是血地倒在地板上的模样，我倒是可以真实地想象出来。既不幸又没有任何长处的我，虽然想要用雨伞挡住掉落的吊灯，但根本来不及，很可能就跟雨伞一起被压扁了。这时，我的右手说不定还用力地握着硬币和牛仔裤……我觉得这样也好，就算死了也不坏。

"不要想这么久！"

学长学姐们一定是为了写不出小说的我，才特地准备这个跟创作故事有关的游戏。可是我根本编不出故事，不可能回应大家的期待。我写不出小说，我永远无法逃出这栋古老的洋房。

"不要想得太难啦。"

我是妈妈外遇所生的小孩。我跟一直以来都很尊敬的爸爸没有血缘关系。我在家里找不到归属，在学校里没有朋友，初恋对象还跟年纪远大于我的人接吻。

"高桥同学？"

"喂，你怎么了？还好吗？"

"高桥同学！"

我垂着头，中野学姐把手放在我的背上。我回过神来，眼前的景象已经变得模糊扭曲。

一滴眼泪像开始下起的雨，落在"雨伞"卡片上。

我很不幸。全世界有几个男人会亲眼看到心上人跟别人接吻？刚才看到的景象在我脑海中重现。直到现在，一波波的打击感才朝我袭来。我再也忘不了那个画面，会牢记一辈子吧。我好想就这样被吊灯压垮。我想紧握着雨伞、硬币和牛仔裤，让自己的头和胸部都被吊灯压扁。这时，一个声音响起。

"喂！光太郎！"

御大就站在大厅入口。

"我要去洗澡，你也一起来！"

我还来不及准备替换的衣物，就被御大拖到男子澡堂去了。

澡堂里的热水满得溢出来，正冒着雾蒙蒙的蒸汽。御大把毛巾放在头上，双臂靠在浴池边沿，以豪迈的姿势躺卧。

"你喜欢七濑吗？"

我在浴池角落缩成一团，双手抱膝，低下头泡在热水里。

"你迷上她哪一点？是长相还是个性？"

"……不知道。当我发现的时候，就已经……"

"毫无理由地喜欢上一个人，也是可能的吧。不过，如果是你，我大概想象得到原因。"

我看向御大，他正贼溜溜地笑着。这个人真的在寻我开心。

"那我就直截了当地说了。光太郎，你会迷上七濑，只不过是因为她就在你身边而已。从前过着没有女人缘人生的你，光这样就高兴得飞上天了，所以连自己喜欢对方哪一点都不知道。怎么样？被我猜中了吧？"

我忍不住站起来。

"请你不要乱说！你根本不懂我的心情！"

热水满溢，发出啪啪的声音。御大也站了起来，形成两人全裸相对的情景。

"七濑一直都很在意你，但那只是为了让文艺社存续。你是不是把那误以为是七濑的温柔了？但是呢，七濑不过是想要通过你，跟原田那小子拉近距离罢了！"

我觉得御大说得太有道理，无法做出任何反驳。七濑学姐用替我开欢迎会当借口，把原田哥叫到学校，之后，她也带着我一起向原田哥请教有关小说的问题。

御大抓住头上的毛巾，"啪"地一下披上肩膀。我不懂这个动作代表什么。

"我不知道你对七濑的爱意有多深，不过，她根本没把你放在眼里！因为，你从来没为她做过什么。七濑为你付出了很多，你却什么也没有为她做。就算你向她诉说爱意，也只会让她困扰而已。"

我沉进浴池。经他这么一说，确实如此。我完全不曾为这份恋情做过任何努力。不过，这只是因为我太晚察觉自己对她的感情，如果能够早点发现的话，就能早点采取行动了……不，真的是这样吗？我只是一味祈祷七濑学姐喜欢上自己而已，就跟那些完全不努力、只会祈祷自己有才华的人一样。可是，不管怎么说，对手毕竟是原田哥，无论经济能力或未来性，我都远远不及。要让七濑学姐回头，根本就办不到。像我这种人还敢喜欢上别人，简直是不自量力。

"让我教你一个好方法吧。"

御大把毛巾当成双节棍挥舞，然后摆出李小龙般的动作。

"就是死了这条心，然后把失恋带来的动力发泄在原稿上。无论是不甘心还是伤心，全部让小说来承受吧。"

"……那么，你倒是教教我写法啊！"

"不要思考，用心感受。"

御大轻声说出李小龙般的台词，但是一点也不帅。结果，这个人根本没教我如何写作嘛！

御大移开目光，默默地泡进浴池。我们彼此都沉默了好一段时间。过程中，我的全身渐渐温暖起来，想哭的心情也慢慢淡去。

御大看着天花板上滴落的水滴，突然开口：

"掉下来的吊灯，也许象征着毫无道理、突如其来的不幸。"

我还以为他要说什么，原来是刚才的卡片游戏。

"你刚刚都偷看到了吧？看到我滑稽又笨拙的模样……"

"总之，你听好。只要活在这个世上，我们就会被毫无道理、突如其来的不幸所摆布。这时，我们必须避开危机，想办法活下去。就算自己身边只有雨伞、牛仔裤和硬币，还是要运用它们来积极面对不幸并取得胜利。创作一个故事，就是主动发掘自己的生存之道。你难道想向别人请教自己该怎么活下去吗？"

总而言之，御大想说的是，要靠自己找出撰写小说的方法吧。

"既然这样，那至少让我做参考——御大，如果是你，你会怎么使用雨伞、牛仔裤和硬币，来保护自己免于被落下的吊灯压死？"

御大顿时露出认真的表情。

"牛仔裤是穿在身上，还是拿在手上？"

"应该都可以吧。"

"雨伞是用来挡雨的用具，如果够坚固，也许挡得住吊灯。但在这个方法里，牛仔裤和硬币没有机会出场。说到牛仔裤，从历史的观点来看，它是反叛者和劳动者的象征，也有着很坚固的形象。最后则是硬币。假设它是世界上唯一的贵重金币，就能运用庞大的财富来调动军队，借此将吊灯击毁。不过，这样的故事太无聊了。"

"我觉得很有趣啊，这个构想很有魅力！"

"不，还是不行。故事中最好还是加上'祈祷'。所谓祈祷，就是人类体悟到自己的无力，因而向神明请问自己的存在。神与人的关系，跟父子或母子关系很相似。所有艺术的根系里都有着祈祷。”

“这明明就只是个游戏……”

御大似乎把这个游戏当成认真的创作了。好一会儿，他闭着眼睛一边嘟囔一边思考，最后终于竖起食指说出他的回答。

“我先把雨伞的把手钩上牛仔裤的皮带孔，再把硬币投进油钱箱，开始祈祷。”

“油钱箱？”

“附近恰好有个油钱箱。硬币是拥有财富的象征，失去它，就能把祈祷传达给神明。故事中的登场人物，总是通过失去什么来获得什么。我要献上硬币，然后祈祷强风吹起来或唤来暴风雨。于是，强风将会从某个地方吹来。打开的雨伞被强风这么一吹，就会拉动牛仔裤那坚固的丹宁布料。当吊灯落下，发出巨大撞击声的时候，我已经不在那里了。因为，我早就被雨伞和牛仔裤吊着，乘风飘浮在半空中了。接着，我就此飞上天，离开充满不幸的地表世界。然后，你们将会永远把我的故事传诵下去！

“在此之前，这游戏要有个逃离洋房的设定……”

虽然最后的部分我没听进去，不过，御大的回答让我乐在其中。洋房里有油钱箱真不可思议，而且也不知道神明是不是永远都会实现人类的祈求，但每个道具的特性都配合得很好，是个幽默的构想。

然而，御大抓着头，又摇摇头。

"不行。我发现了一个致命的缺陷。所谓的香油钱，是向神明祈求成就所献上的谢礼。先丢香油钱再许愿，本来就是个错误。所以，这并不是个成熟的答案。"

"不用这么讲究啦……"

"不，不行。这是个拙劣的作品。"

御大似乎非常吹毛求疵。我想，他对于撰写到一半的小说，也一定是像这样找出细微的缺点，然后认定它是拙劣的作品并直接放弃。御大又开始思考从坠落吊灯下存活的其他方法，但是过了十分钟、二十分钟，仍旧没有得出新的答案。结果，我们泡热水泡得头昏脑涨，就此直奔被窝。

集训第二天，我们要去天下茶屋。吃过早餐后，便坐上原田哥的车出发。由于车子只能坐七个人，所以没有叫上御大。跟昨天一样，七濑学姐坐在副驾驶座，打开地图替原田哥指路。我从最后面的座位，偷看他们两人亲密地交谈。

车子爬上御坂山的蜿蜒道路。到了高海拔地区，就能从树木之间俯瞰河口湖与湖边的住家。为了拍摄湖泊对岸的富士山，有几个立着脚架的摄影爱好者在路边排排站。

"很近了，很近了……"

铃木学长双眼紧闭并低着头。没多久，前方就出现被黑暗填满的隧道入口。据铃木学长所说，那就是传闻中会出现幽灵的旧御坂隧道。然而车子减速，驶进隧道前方的停车场。

停车场对面，相隔一条道路的山边，有间立着天下茶屋柱子的老旧木造茶馆。这里就是被太宰治设定为《富岳百景》背景的地方。

"哦哦！"

"好美！"

大家下了车，不约而同地发出欢呼，俯瞰着宏伟的景色。富士山在蓝天下闪耀。白云飘浮在山顶附近，让富士山看起来就像戴了一顶帽子，也别有一番风情。我已经在北滨庄的大厅里看够了富士山，但从这里看到的风景又有不同的味道。然而，就连这么美丽的风景，也无法吹散我的烦恼。不知不觉中，我开始用眼角余光寻找七濑学姐和原田哥的身影。仔细观察后，我发现两人的视线经常交汇，这让我体认到，昨晚那一幕并非做梦。

我一直都明白自己接下来该怎么做——我要把涌上来的各种情绪掩盖住，把自己导向该去的方向。我要放弃。一直以来，我都是这样活过来的。比起愤怒或嫉妒，我更想了解并接受无力又悲惨的自己。为了维护自己的自尊心，过去我制造出好几层外壳来保护自己。只要不再期待，就不会受伤害。

"我们进天下茶屋吧。"

耳边传来原田哥的声音，我望向声音来源，却差点和七濑学姐四目相交，便连忙转回茶屋的方向。原本走在最后面的我变成最前头，但大家很快就追过我了。

月见草与富士山最为匹配。[1]

太宰的名言，就刻在天下茶屋前的石碑上。店内摆着成排的旅行纪念品，从水泥地走上去的地方铺着榻榻米，可以在那里点团子或茶。

"等一下我请你们喝茶。在这之前，我们先去二楼看看吧。"

每当原田哥开口说话，我总会心神不宁，体会到自己是个渺小的人。我必须更加死心才行。必须更加、更加死心才行。

二楼是太宰治文学纪念室。太宰治当初旅居的房间已经修复，带有壁龛的柱子似乎和当时一样，还有他实际用过的书桌和火盆。井上社长摆出和太宰相同的姿势闹着玩，大家看了都哈哈大笑。

展示板上展出了《富岳百景》《斜阳》与《人间失格》的最初版

1　语出太宰治《富岳百景》："富士には、月見草がよく似合う。"

本，我们依序加以欣赏。每当七濑学姐发问，原田哥便为她解说。不要看，不要听——我拼命把注意力集中在展示板的内容上。

昭和十三年（1938年）九月，在井伏鳟二的带领下，太宰来到这里。之后，他大约在此停留了三个月，并把当时的经历写成小说《富岳百景》流传后世。对太宰而言，在天下茶屋度过的日子似乎是个很大的转折点。离婚后过着不规律生活的太宰参加相亲，并决定再婚。他就是在此度过重燃作家热情的时期。

"你们看，海螺小姐[1]！"

电视动画中，海螺小姐来参观天下茶屋的一幕，被裱装起来挂在这里。然后，我们回到一楼并走上榻榻米，各自点了甜酒酿、茶和茶点。

"喂，铃木，你也来吃吃芋头团子吧。"

看到井上社长模仿起波平[2]，大家都笑了。笑不出来的我，则翻看着放在榻榻米上的访客签到簿。观光客可以在上面自由留言或画画，作为到此一游的纪念。

"哎，高桥同学。"

七濑学姐从桌子另一头向我搭话。

1　《海螺小姐》是长谷川町子的漫画作品，海螺小姐是该漫画的主角。
2　波平是海螺小姐的父亲。

"我们在签到簿上写些什么吧，你照我说的写下来。"

我低着头，听着学姐的话，用签到簿所附的签字笔，一字一字地写下来。

文艺社的社员们到此一游。

这场旅行非常愉快。

希望能够做出很棒的社刊。

"也把所有人的名字写上去吧。"

七濑学姐这么说，我便首先签下自己的名字。一旁的井上社长说"下一个换我"，拿走了签到簿。社员们依序在签到簿上留下了自己的名字。

喝完茶后，大家聊到必须拍照才行。毕竟社刊的封面要用照片，最好在集训中多多拍照。上过厕所，我们便走出室外。

"啊！云快要不见了！"

"真的啊。"

飘浮在富士山山顶的云散开了。社员们跑向瞭望台，我正想跟过去时，铃木学长用力拉住我的衣服下摆。

"高桥同学，等一下！我后面……后面没事吧？"

铃木学长低着头发抖，指着富士山的另一头。那边就是隧道入口，也就是传闻中会出现幽灵的旧御坂隧道。

"放心吧，什么都没有……啊！"

"呜呀啊哇啊！"

我只是"啊"了一声，铃木学长就害怕得不得了。

"怎……怎么了吗？高桥同学，你看到什么了？头上戴着三角帽子、打着赤脚快跑的和尚幽灵出现了吗？"

"学长，这怎么可能嘛！我只是觉得这个隧道好古老呀。上面写着'天下第一'，还是从右写到左……啊！"

"哦呀啊啊啊！"

看来我又吓到学长了。

"高……高桥同学，你看到了吗？那个正盯着这里吧？拿着巨大镰刀、驼着背的警察幽灵，正从隧道深处盯着这里看吧？"

"没有啊，我什么都没看到。先不提那个，学长，你这样我很难受，放开我吧，你看，中野学姐正用意味深长的表情看着我们……啊！"

"啊啊呀啊哦啊！"

古老的隧道的确很阴森。现在明明是白天，但是从拱门状的入口看进去，却只看得到无尽的黑暗。隧道里没有灯光，没有任何车子开进去，也没有车子开出来……不过，我总觉得刚刚听到了什么声音。

一旁的铃木学长一脸铁青，我则是竖起耳朵——我好像听到了某种连续不断的声音，但那或许只是风声。我定睛看着那片黑暗。其实，我从刚才开始就故意"啊"了几声，但也差不多该停止了。黑暗隧道的前方，出现了一道光芒。有一道微弱的光线，像远方闪烁的星星般不稳地摇曳。

"那是什么？不是轿车，会是脚踏车吗？还是机车？"

"高高高高桥同学！我们快逃吧！"

铃木学长抓住我的力道非比寻常，但我还是无法将目光从那道光上移开。我听见"轰轰轰"的声音。

"啊！

"我不行了！"

铃木学长在我脚边蹲下。然而，从黑暗中现身的物体，只不过是一台"小绵羊"。它发出"噗噗噗噗噗"的声音，在我们面前停下。看来是这个声音在隧道里形成回声，听起来才会阴森。

"嗨，还真巧啊，我受到太宰的精神吸引，也来到了这个地方！"

御大掀起全罩式安全帽的镜片，得意地笑了。

"那家伙究竟感觉到了什么？"

露出爽朗笑容的御大，用"那家伙"来称呼太宰。

由于停车场里没有遮阳的地方，在八月的阳光照射下，车里变得像地狱般炎热。

"大家都坐上来了吗？"

原田哥发动引擎，冷气便从出风口吹出。我们决定趁着御大在天下茶屋吃味噌田乐[1]时尽快出发。

车子发动，深绿色的大自然景观从车窗外流过。夏日的阳光从树叶间洒落，在路面上映出斑驳的图案。过了一会儿，我察觉背后有一道视线——我坐的最后一排座位，可以通过后车窗玻璃看见后方——一个熟悉的身影正在追赶我们。

"他跟来了……"

是骑着"小绵羊"的御大。顺带一提，那不是御大自己的机车，而是向打工地点的同事借来的。他竟然能够不走高速公路，骑着那么小的交通工具到河口湖来，毅力实在惊人。

通过后视镜看到御大逐渐接近的原田哥，默默地加快了车速。御大掀起全罩式安全帽的护罩，一边骑着车一边高声抗议着什么，但是声音传不进我们的车里。

我们在河口湖一带观光，逛了展示马口铁玩具的博物馆，以及宝石博物馆和富士博物馆。我们趁着空当吃了午餐，在一家有着山庄外观的汉堡店品尝手做汉堡。烤得恰到好处的汉堡肉鲜美多汁，

1　田乐是一种串烧料理。

非常美味。积雨云飘在天上，唧唧的蝉叫声从森林里传来。女孩子
们在手臂上涂了防晒乳，尤其是中野学姐，只要在户外走动，她必
定会撑起太阳伞，做好万全准备。中野学姐关心地向我问起昨晚玩
卡片游戏时哭泣的事。

"你是想不出答案才哭的吗？"

在我们走向停车场的车时，中野学姐用温柔的语气问。

"对不起。我那时有点混乱。"

"真的只是这样？"

她从太阳伞下抬头看我。

"高桥同学，你昨天晚上的表情看起来很难过。我最喜欢男孩子
露出那种表情了。"

"……这样啊。"

"高桥同学真是不可思议，不管跟谁都可以配对。假如要写你的
故事，一定会很伤脑筋。"

我决定装作什么都没听到，然后坐上车。

不知不觉中，御大也跟着我们一起观光，不过已经没有人抱怨
这一点了。就连担任司机的原田哥，也把下一个目的地直接告诉了
御大。

"离开这里之后，我们要去妙法寺。"

"那还真巧，我也想去！"

众人瞻仰着妙法寺境内的三十番神堂。御大双手抱胸，仔细注视着细部的雕刻，用上对下的目光评论"这刻得很好"。我们趁机在稍远处集合，拍照留念。

回北滨庄前，我们提前吃了晚餐。稍事休息之后，晚上六点，我们在大厅集合。水岛副社长启动笔记本电脑，七濑学姐替大家泡茶。

"河口湖集训的第二次会议，开始！"
井上社长看着所有人宣布。

第二次会议要讨论的话题，是关于要刊登在社刊上的小说内容。这一次，将要宣布每个人预计投稿的故事类型。有些人虽然还没有设计情节，但几乎所有人的脑海中，都已经对想写的东西有了雏形。由于三年级要准备考试，所以这次的作品，将是他们在文艺社最后一次的创作活动。

"那么，高桥同学，你呢？"
井上社长这么问，所有人的视线都集中在我身上。为了这件文艺社最悬而未决的大事，大厅被沉默包围了好一会儿。

"顺便一问，高桥同学，目前你手边有什么样的原稿？"
"只有两年前写的长篇小说开头而已。"
"学生会提出的条件中，其中一项是必须刊登本年度撰写的作品。如果能把写到一半的长篇完成，或许可以算作本年度的作品。但是，假如真的写完，也不可能全部刊登在社刊上吧。"

这时，某处突然传来一个声音。

"说到底，这小子根本不可能在月底的截稿日之前完成长篇小说。毕竟他可是个两年前就中断写作，一直无法前进的胆小鬼！"

御大在大厅一角盘腿而坐。原田哥瞪了他一眼。

"你有脸说别人吗？"

井上社长给我一个提议：

"到截稿日之前还有时间。如果是四百字稿纸三十张，不，二十张的话，你应该写得出来吧？每天一张，像写日记一样把身边发生的事写成杂记，就可以宣称这是私小说[1]了。你觉得如何？"

我无法回应。就算要写日记，但我的暑假生活一定什么事都不会发生，真的可以把这种东西登在社刊上吗？七濑学姐抬起头，对井上社长说：

"只有长篇小说的开头部分不行吗？只要把角色和结构重新改编，写成全新的作品，不就可以说是本年度撰写的作品了吗？虽然最后会结束得很突然……"

"像腰斩的漫画一样？"

1　私小说是一种以作者本人为主角、以日常生活为题材所写成的小说。

"这个嘛，是没错啦。"

"不能再多花点心思吗？应该可以在开头部分加上新的构想，让它变成短篇小说吧？如果能合理地结束故事，让结局不显得唐突，就能正大光明地说是新作了！"

两人看着我，像在观察我的反应。

那种事办得到吗？我手边的原稿，既没有科幻小说吸引人的战斗场面，也没有魔法和怪兽，只有身为主角的少年向家人告别，从村子出发的情节而已。现在竟然要把这个场面改写成短篇小说……可是，如果现在才要构思别的故事，我也办不到。

"虽然需要花一点工夫，但我想应该办得到。"

"是啊，我也觉得没问题。"

"然也！如果中途卡住了，有什么问题都可以跟我们商量！"

文艺社的学长学姐们用很认真的表情异口同声地说。我决定相信大家的话。

"我明白了。"

我的使命就此决定。

会议结束了。很快地，集训的第二个夜晚便热闹地过去了。

隔天，我们离开了河口湖。

车子下了高速公路，行经熟悉的街道，抵达高中的停车场。我们把行李从原田哥的君爵上拿下来。道别之前，原田哥针对写作给了我建议。

"如果你脑海中浮现了其他想写的东西，最好以它为优先，这样下笔会比较顺利。书写自己当下感兴趣的东西是最好的。通过写作，'自己'与'书写对象'之间的距离会更加明确。当你找到了那样的主题，千万不要放手让它溜走。"

目送君爵离开后，我们便前往实习室B，把为了集训而搬出来的他校社刊、文具和笔记本电脑放回原位。接着，把报告书送到教职员室之后，三天两夜的夏季集训终于落幕。

大家一边互道"辛苦了"，一边走向脱鞋处。虽然没有人说出口，但我们六个人的脚步之所以如此缓慢，是因为大家都很依依不舍吧。学长学姐们在鞋柜前拿出自己的鞋子。

"你怎么了？不回家吗？"

看到我站着不动，七濑学姐便开口问道。

"我还想再待一下。我想重读一遍小说。"

"要我陪你吗？"

"不用，我想自己来。"

这时，我还是不敢直视七濑学姐的眼睛。

"这样啊。加油，我支持你！"

七濑学姐拍拍我的肩膀。她的头发留得比刚认识时更长了。

目送学长学姐离开后，我独自走在安静的校舍里。我说想重读小说是骗人的，我只是想一个人静一静。要是一直跟文艺社的大家在一起，我就完全无法消化那件事。我也不想回那个只会让我感到孤独的家去。

我想去吹吹风，便走过"知识之桥"，坐在河景区的圆桌旁。我心不在焉地俯瞰运河，才察觉到一件事——仔细想想，这里是室内，根本吹不到风，不是吗？

我实在太不幸了。假如我去看棒球，肯定会被同一位选手的界外球打中两次。假如我去打棒球，大概会创下触身球的世界纪录吧。

母亲外遇生下的诅咒之子，连亲生父亲身在何方都不知道。相貌缺乏魅力、拥有不幸力、没有存在感、没有异性缘、写不出小说、被御大缠住、吹不到风，一定全是生父害的。七濑学姐之所以跟原田哥接吻，也绝对是出于这个原因。

我好想消除所有感情。然而，七濑学姐为什么会对我说"我支持你"呢？我希望她别说"我支持你"这种话，希望她别靠近我，也别对我露出笑容。

先前，七濑学姐曾经建议我最好"针对人物多加思考"。虽然女主角登场的一幕还没写，但我修改了女主角的形象：个子不高，有双漆黑而意志坚定的眼睛，留着短发……这样的形象，简直和七濑学姐一模一样。不过，学姐的头发长多了，只有这点跟女主角不一样，但我从前就觉得学姐比较适合留短发。

我把涌上心头的七濑学姐形象抹去，叹了好几口气，在河景区待了几个小时。天空已经完全染上了暗红色。从河景区的窗户放眼望去，运河表面反射着夕阳，形成一幅美景。这时，一阵脚步声从远及近，我以为老师来了，但并非如此。

"嗨，真巧啊！"

我看了那个人一眼，然后别过头去，又转过头来——再看第二眼，眼前的人还是不变。

"这次真的是巧合啦。"

"咚"的一声，御大把安全帽放在桌上，然后在我面前坐下。

"骑'小绵羊'从河口湖回来果然很累。"

"你为什么会来？你以为文艺社的人在这里吗？"

"不是啦。"

御大看着夕阳，自言自语地低声说道：

"当我快要忘记自己的原点时，偶尔会过来。"

"……原点吗？"

高中时期的他，每天放学后总会坐在这里，戴着白手套在稿纸上勤奋地写作。他和黑暗、热情与压迫感共处，想要抵达某个目标——当时的热情，就是御大的原点吗？

"你看那个！"

御大指着夕阳。

"红色光芒沉下地表，夜晚的幔帐展开双翼。"

"咦？"

"咦什么咦，你仔细看看吧——红色光芒沉下地表，夜晚的幔帐展开双翼，把世界深深覆盖在黑暗的怀抱中。"

御大露出贼笑。

"几个月前，当我快要忘记自己的原点时，我跑去社办，看到你那沓印出来的原稿，上面还有七濑大量修改润色的笔迹。"

御大把目光从夕阳上移开，揉揉眼角。

"说真的，那实在烂得无可救药。不过，总有一天你会写出杰作。"

"我办不到。"

那就像痴人说梦一样。这一点对御大来说也是如此。

"我不会写小说。"

"啊？都到了这个节骨眼，不写怎么行呀？"

"我要去跟学生会的人道歉。我要拜托他们，就算我的小说没有完成，也请留下文艺社。"

"你在说什么啊？你怎么能把毅力用在那种事情上？听好了，不管发生什么事，我们都非写不可。不准找借口！小说就是一切，我们非写不可！"

"你刚刚说'我们'，可是你不是完全没在写作吗？"

"我在写啊，只是没有完成罢了。"

"那我问你。听说因为御大你的关系，社刊没有完成。你不觉得自己有责任吗？"

"完全不觉得。我既不是为了社刊而写小说，也并非为了原田或文艺社写作。你也一样，文艺社能否存活，跟你毫无关系。"

"既然如此，那你是为了什么写小说的？"

御大的脸被夕阳一照，染成了燃烧般的颜色。他的双眼闪耀光芒，像要吐出火焰似的说：

"为了用我的文字，把世间燃烧殆尽！怎么样？如果能办到，一定很有趣吧？通过小说，应该办得到才对。所以，我对我爸发出将来要成为作家的宣言。我爸听了就笑道：'你办不到吧！'他要我试着写些什么看看，借此来判断我能不能成为作家。"

"你把作品给他看了吗？"

"没有。因为那家伙没多久就翘辫子了——死了。自杀。就在他得了肝硬化，被禁酒的第二天。他是个比起爱儿子还更爱酒的男人。虽然周遭的人都指责他任性，但我至今仍然很尊敬他。不管我爸愿不愿意，我总有一天一定要写出让他信服的杰作。"

"这是真的吗？"

"你说呢？"

因为被禁酒而自杀，实在太没有真实感了。我很怀疑这是不是事实，但也觉得这的确很像"御大的父亲"的作风。

"跟他说再喝下去会死，他隔天就喝得酩酊大醉。那是自杀，我懂。"

我无话可说。御大别过脸去，继续盯着夕阳。

从前，御大在这里拼命地写小说——由于太执着于写出杰作而从未完成的小说。他和父亲的约定，永远不会实现……白手套难道代表着对窝囊父亲的吊唁吗？夕阳沉落，世界逐渐变暗。

"你喜欢七濑吧？那个女的说想要读你写的小说，虽然动机不单纯，但对你来说已经足够了吧？"

"可是，七濑学姐却跟原田哥……"

"跟那没关系吧！"

御大突然大喊，咚地敲了一下圆桌。我吓了一跳，噤口不言。在双方保持沉默时，周遭越来越暗。在紧张的气氛中，我向暗得看不清楚表情的御大搭话。

"我以前是写得出来的，因为那时候我什么都不知道。"

我慢慢地把自己出生的秘密告诉御大。尽管我感到犹豫——我不确定这件事是否适合说出口——但不知为何，我觉得应该说出来。我依序说出自己中断写作的原委，包括没见过亲生父亲、跟家人断了关系，等等。御大甚至没有回应我，也不知道他有没有认真在听。

哼哼、哼哼哼哼……不久，御大的笑声响起。

"你竟然有这张王牌！我真羡慕你！"

"……羡慕我？"

"对啊。身为作家，这是个极为有利的设定。你身上果然有值得我注意的地方。听好，唯有身负缺陷的人，才能达到某种成就——尤其像你这种不知道亲生父亲是谁的人。具备这种缺陷，是被人们称为英雄的必备条件。那些被后人传颂的英雄，几乎都是孤儿或来自单亲家庭。一半是人、一半不是人的家伙，拥有改革世界的能力。举例来说，耶稣生父的形象有被具体地描写出来吗？我不是在说玛利亚的丈夫，拿撒勒的圣约瑟哟，而是那个让玛利亚处女怀孕的家伙。能成为故事中心的，是像耶稣或你这样不清楚自己来历的人。桃太郎也是如此，那个混账可是从桃子里蹦出来的。真令人气愤，他根本就打定了主意要成为传说嘛！击退恶鬼的英雄之所以出身不明，其实是有原因的。如果换成老爷爷或老婆婆的凡人儿子或孙子，他们才没那个本事击退恶鬼呢。"

"呃，我不是耶稣，也不是桃太郎。"

"你还不懂啊？你是海螺小姐吗？啊？你是胜男[1]吗？不过，胜男可是个货真价实的现充[2]呢！你不是胜男吧？"

"对，我不是胜男。"

"如果你是胜男，去了天下茶屋，只要吃个团子就可以回来了。但是，缺陷者既然去了天下茶屋，就要感受太宰的灵魂！感受缺陷者的哀愁和胆识！"

御大咚咚咚地连续敲击桌子。

"我要说的是，你有权利！你有改变世界的权利！为此，你要变得更孤独。渴望女人吧！喜欢她喜欢她喜欢她，但心意完全传达不到，你就这么被击垮吧！坠入谷底吧！痛苦挣扎吧！听好了！你到了这个节骨眼还没有足够的危机感，让我告诉你一件好事吧！"

御大露出无畏的微笑。

"你喜欢的女生，是为了自己喜欢的男人才接近你的。为了讨那个男人的欢心，才对你说那些温柔的话。绝对没错。然后呢，那个男人又得到了你喜欢的女生，就像偷吃一样简单。"

"你……你为什么要这么说！"

"没错，愤怒吧！痛苦挣扎吧！你所追求的东西，一定会呈现在

1　胜男（カツオ）是海螺小姐的弟弟。
2　"现充"（リア充）意指现实生活很充实的人，通常有工作、许多朋友，以及恋人。

你的小说里。听好了，你跟太宰天差地远！不过，你仔细听好了！"

御大站了起来，椅子发出咔嗒咔嗒的声音。

"你和太宰之间没什么差别！"

御大说的话根本乱七八糟，却是痛快一击。这股冲击对我而言，或许就像和山崎富荣[1]一起跳进玉川上水也说不定。

---

1 山崎富荣是太宰治的情妇，与太宰治一起跳进玉川上水自杀。

那年夏天的永远

总而言之，我非写小说不可。

不，我想写。我想用这篇文章创造故事。

空气在炙热的柏油路上摇荡。我先是流着汗走到车站，又因为电车上冷气太强而全身发冷。

穿过检票口之后，穿着短袖的七濑学姐便站在眼前向我挥手。我的胸口闪过一阵刺痛。

集训时，我还来不及整理自己的心情，但现在稍微好些了。失恋的伤口，已经结上一层薄薄的痂。

"你晒黑了。"

"高桥同学，你好白呀！"

"因为我一直关在家里啊。"

该和学姐并肩走呢，还是跟在她后面？在我不知道该跟她保持多远距离的情况下，我们就抵达了家庭餐厅。是以前我们跟原田哥三人谈话的那家店。我们在靠墙的座位坐下，点了饮料喝到饱。

集训后，我度过了苦闷的一星期。现在是盂兰盆节前夕，爸妈和弟弟开车回爸爸的老家扫墓，只有我一个人留在家里。我没去扫墓是因为要忙文艺社的活动而没有余暇，但不能去扫墓也让我松了一口气。要是去了爸爸的老家，看到那边的亲戚和佛堂里的照片，我一定会觉得无地自容吧！我在遗传基因上，跟他们没有任何关联。

我心想，再不动笔写小说不行，便一个人在家设计作品的情节，却不知道该怎么把长篇小说的开头改写成短篇小说。正当我伤脑筋时，七濑学姐打了通电话来，于是我们便临时决定要见面讨论。

"那么，你觉得要怎么做，才能把它改成短篇？"

"总之，我先重读一遍吧。"

七濑学姐拿出印好的原稿，摊在餐厅的桌子上。那是我写的长篇小说开头部分，上面贴了好几张便利贴，还有好几个句子被荧光笔画了起来。

我一边喝着饮料吧的果汁，一边读着印刷出来的文字。这是个欧洲中世纪风格的异世界冒险故事，有宝剑、魔法与怪兽登场。中学时的我，很喜欢这样的世界观。

主角少年所住的乡下村庄，是个没有受到怪兽侵略的平静地区。十四岁时，少年决定踏上冒险的旅程，因为他听说已死的父亲是个冒险家，便想要走上和父亲相同的道路。有一天，他和母亲、朋友告别，离开了村庄，坐上公共马车前往都市。我写的小说到此为止。

"在这之后，你打算写什么？你设计过故事的完整情节了吧？"

"少年抵达都市后，被卷进一个不小的事件。之后，还会遇见一起旅行的伙伴。他们经历各种各样的冒险，不知不觉中介入了魔王和人类之间的势力之争。令人惊讶的是，应该已经过世的父亲其实还活着，更意外的是，主角的惊人能力将得到解放。"

"原来如此。嗯，是个常见的故事。"

她用一句话做了总结。我大受打击。

"这可是我拼命想出来的啊……"

"辛苦你了。不过，这次就在主角踏上旅程的地方告一段落，改写成短篇吧。"

"……好。"

如果是原田哥的话，会如何总结？我们一边回想电影编剧理论，一边猜想。

在好莱坞风格的剧本里，有两个称为"转折点"的地方，要在那两处安排决定性的事件。例如，在电影开始后四分之一的地方安排第一个转折点，故事便开始启动。然后，在经过四分之三的地方安排第二个转折点，故事便走向结局。

"这次，我该在那里安排什么样的事件呢？"

"故事内容是主角要出去冒险对吧？那么，就把主角决定要去冒险的那一幕安排成其中的一个转折点吧？"

"对了，那中间点呢？"

所谓的中间点，要安排在故事的二分之一处，即折返点。到了这个时候，主角通常会陷入危机。

"中间点等一下再讨论。重点是，高桥同学，你现在的原稿里，少了主角决定'我要去冒险'的戏剧性一幕。我总觉得，主角无缘无故就要出去冒险……嗯，之所以要设定转折点，就是为了避免这样的情况。"

"假如把主角决定'我要去冒险'的一幕放在第一个转折点，会变成什么样的短篇小说？"

"故事会因为主角决定去冒险而启动。剩下的四分之三，则是要描写之后的迂回曲折。主角可能会对出来旅行这件事感到迷惘，再加以克服。当主角宣布'我要去冒险'的时候，让他在村子里掀起风波也不错。像是'听说那家伙要离开村子了'。"

"那么，如果把'我要去冒险'安排在第二个转折点呢？"

花了比刚才更长的时间思考后，七濑学姐回答：

"在这个情况下，主角会先经历许多过程，最后得出'我要去冒险'的结论。当主角决定'我要去冒险'的时候，故事应该就会逐渐收尾了。"

“经历许多过程得出的结论……”

“例如，主角身上一开始就有问题，为了解决这个问题而踏上旅程之类的。”

“主角身上有什么问题？”

七濑学姐看看我，脸上浮现出奸笑。

“像是身为主角的少年一出生就受到诅咒，有着会招来不幸的体质之类。”

“真是够了。你在寻我开心吗？”

“不过呢，高桥同学，如果你的主角是这种设定，而你比任何人都更了解主角的心情，那不就能描写得很传神了吗？在主角的成长过程中，或许隐藏着招来不幸的诅咒之谜哟！”

经过讨论，我决定把主角表明要出去冒险的事件，暂且安排在第二个转折点。这样安排感觉比较有趣，如果不行，就再改好了。那么，在第一个转折点和中间点，该安排什么样的事件呢？

要让怪兽登场吗？还是让宝剑和魔法出现在故事里？最好在故事开头安排一个能够直接表现出世界观的事件——我和学姐提出了各种各样的意见，但对于故事的走向，我们仍犹豫不决。我们一边思考，一边喝着饮料吧的果汁来摄取糖分，不过，事情还是迟迟没有进展。

“哎，要不要改变一下心情？我们在这里转换思维吧！到目前为止，我们都从技术性的角度来思考场面的安排，我觉得这种创作故事的方法很像数学解题，就像在解填空题，但应该还有别的方法才对。"

"比方说？"

"高桥同学，说到底，你认为这个短篇是什么样的故事？"

我无从推测这个问题的意思。学姐为感到困惑的我作了说明：

"这个短篇乍看之下，是个寻找父亲的故事，其实不仅如此。我认为这同时也是个关于'出生'的故事。主角把母亲留在故乡的村子里，前往更广阔的社会，对吧？这跟母亲与婴儿的关系不是很像吗？"

我感觉球从丝毫意想不到的角度投了过来。七濑学姐似乎把主角出生成长的村庄视作母亲的胎内；离开村子前往广阔世界的少年，则具有脱离母胎、降生人世的婴儿形象。

"因为我是女生，所以会这样想象。"

设定上，主角和母亲相依为命。在我已经写好的原稿中，主角离开村子的那一幕，我花了很多篇幅描写主角对母亲的感情。是否因为如此，才更让人产生那般印象呢？

"换成其他人来读，大概会认为这个短篇是个关于成年仪式的故事。这个故事里，含有这样的架构。"

"成年仪式吗？"

"由于故事背景是奇幻世界，所以显得特别抽象，有各种解读方式。所谓'作家'，就是能够利用故事架构，让作品更具深度的一类人。有些人有意识地建立这样的架构，有些人则无意识地察知并加以挖掘。"

如果我能在作品里把七濑学姐心中的概念好好表现出来，或许会是一篇经得起批评的作品。虽然内容只是叙述主角离开村子，但要是能够办到，作品将会更有深度吧。我参考学姐给我的建议，绞尽脑汁地左思右想。

"那么，我能不能以这个概念为基础，来构思第一转折点和中间点的内容？"

主角离开村子，前往广大的世界进行冒险。假如这不单是"出生"的概念，还是小孩转化为大人的成年仪式，那么主角决定出去冒险，也就是"我要成为大人"的决心。

"有个天大的不幸降临在主角身上，让他觉得'我要长大成人才行'——这个变故，让他对身为小孩的自己感到羞愧。"

"原来如此！那具体而言呢？"

七濑学姐很感兴趣地探出身体。

"……完全想不到。"

七濑学姐立刻起身，要到饮料吧去补充饮料。

"学姐，等一下！"

"要我帮你装吗？"

"不是啦，我想到了，我刚刚想到了。所以请你坐下来。"

七濑学姐回到座位上，双手抱胸。

"我就姑且听你说说看。听完再去装可乐也不迟。"

"那个，呃……主角领悟到自己还是个孩子，因为一次不幸的偶发事故，所以他希望能成为大人。至于那件不幸的事……失恋怎么样？其实，主角喜欢的女孩子，正在跟村里的某个大人交往，对方是个有经济能力的大人。"

"啊，这个不错。虽然不知道那算不算是天大的不幸，但这就像屠格涅夫[1]的《初恋》一样。如果喜欢的人跟大人交往，主角就会无以复加地产生自己还是个小孩的自觉。要是伤得很深，或许就再也不想待在这个村子里了。"

"那个女孩子越有魅力，主角踏上旅程的动机就越强。"

"嗯。不过，高桥同学，你写得出那种女孩子吗？跟大人交往的女孩子很早熟哟。"

"我需要取材。"

我这么说，然后想起原田哥在集训最后一天所说的话：

1　屠格涅夫（1818—1883），俄国小说家。《初恋》为其代表作之一。

书写自己当下感兴趣的东西是最好的。通过写作，"自己"与"书写对象"之间的距离就能得以明确。当你找到了那样的主题，千万不要放手让它溜走。

如果是这样，那我应该写七濑学姐才对。

看我一声不吭，七濑学姐便离座去饮料吧装饮料。我愣愣地用目光追逐她的背影。我想了解七濑学姐。我想知道她的过去，想知道她现在在想什么，以及她和原田哥之间的关系。七濑学姐有时候会一言不发地垂下眼睑，她有什么心事呢？得知真相后，我也许会非常沮丧，但我也想起了御大说的话：

渴望女人吧！喜欢她喜欢她喜欢她，但心意完全传达不到，你就这么被击垮吧！坠入谷底吧！痛苦挣扎吧！

"拿去，我帮你装了一杯。"

七濑学姐两手拿着杯子回来了，递出其中一杯给我。

"这是什么？"

"你喝喝看啊。"

我以为是可乐，但这杯是咖啡牛奶般的颜色。喝了一口，在淡淡的碳酸味之外，有一股从未喝过的、不可思议的味道。总之好甜。

"是可尔必思加可乐，很好喝吧？"

"……哦，这样啊。"

我跟露出微笑的七濑学姐四目相交。我看着她那美丽的黑色眼睛和微笑时的口型。她的笑容，刚好介于可乐广告的充实爽朗感与可尔必思广告的清新爽朗感之间。

"呃，继续刚刚的话题。我想写，可是，我完全不懂女孩子的心情。"

"嗯，我想也是。"

"所以，七濑学姐，请让我采访你吧！"

喝着可尔必思加可乐的学姐露出惊讶的表情。我几乎不了解她，就像我不了解自己出生的秘密一样。我心里的某个角落，或许正恐惧于与她深交，害怕一旦深入了解她便会让自己受伤。如果不了解她，就能朝着对自己有利的方向来解读她的心。

"请跟我聊聊吧，拜托你了。"

自从在河口湖目击那一幕之后，我一直想要忘掉七濑学姐。

为了不被人察觉自己正在逃避，我拼命地戴上面具。

我不断地逃避。

但是，现在非得面对不可。

面对七濑学姐，面对自己的心意，面对小说。

"好啊。如果对写小说有帮助的话。"

七濑学姐答应了我的要求。

把可尔必思加可乐喝掉半杯，我便开始采访她。

"那么，我们马上开始。首先，呃……"

我想问问题，却欲言又止。

"……你的兴趣是什么？"

"兴趣？好像是去 KTV 吧，另外，我当然很喜欢阅读。"

"你最喜欢哪一本书？"

"这怎么选得出来嘛！"

"你喜欢哪个作家？"

"特德·姜[1]。"

"小泰迪[2]吗？好可爱的名字。"

我想要正视学姐的心，却迟迟无法深入核心，一个劲儿地问着完全无关的问题。学姐喜欢什么颜色？喜欢吃什么？喜欢哪种音乐？喜欢哪个品种的狗？喜欢什么样的年糕？

"我还是喜欢最正统的吃法，蘸酱油吃。不过也喜欢炸年糕，或是跟纳豆拌在一起吃。啊啊，好想吃呀！"

1　特德·姜（Ted Chiang，1967—），美国科幻小说家。

2　在日文中，特德·姜与"小泰迪"同音。

"那么，那个……年糕的话题先摆一边，学姐你为什么要留长头发？"

"留长头发？在我看来，应该是高桥同学你在把头发留长吧？"

"不要提我啦。七濑学姐，你的头发跟四月时比起来长多了。"

"嗯，也是啦。"

七濑学姐默默地垂下眼睑。

"……因为我喜欢的人好像喜欢长发的女生。"

无意间踏入核心的我，被紧张感所包围。

"我以前一直都留短发，但这次想试着留长。"

我看着装了可尔必思加可乐的杯子，既想问又不想问的问题，在我脑海中打转——你喜欢的那个人是谁？是原田哥对吧？你们在交往吗？你有多喜欢他？你是什么时候喜欢上他的？你们两个人的关系已进展到哪里？

当我下定决心发问并抬头的瞬间，却一个字都说不出口。这究竟是什么样的巧合？他为什么会突然出现在这里？这跟我的"不幸力"有关吗？

原田哥正站在家庭餐厅的入口附近。仔细想想，他以前带我来过这家店，就算出现在这里也不奇怪。

原田哥正和一名成熟的美丽女性在一起。七濑学姐一脸疑惑地沿着我的视线望去。她似乎也注意到了那两个人，侧脸变得有些僵硬。

原田哥还没有注意到我们。他们两人被店员带领着，走向窗边的座位。

"那个……"

我出了声。七濑学姐低着头，又否定似的摇摇头。我不懂她的意思，不知如何是好。

"高桥同学，你从刚才就一直问一些无聊的问题，但你真正想问的不是这些吧？"

我心跳加速，点了点头。

"好吧。我会告诉你一切，但不是今天。下次再说吧。"

七濑学姐垂着眼睑，静静地站起来，然后像在壕沟里移动的士兵般，低着头走向收银台。我连忙跟上她。付完账走到店外时，我朝窗边的座位看了一眼。原田哥和那名女性正凑近脸谈笑着。

那名女性的头发很长。

七濑学姐朝车站走去，撞到路人的肩膀而踉跄了一下。她很难为情地说"今天人好多呀"，露出一副伤脑筋又尴尬的表情。我犹豫着该不该和她攀谈，又不知道该跟她说什么才好。我们无言地抵达检票口。换作平常，我会跟她一起到转乘的车站去，不过——

"我要去一下书店。"

"嗯，那下次见。"

学姐似乎松了口气。她通过检票口，我则用目光追随她渐行渐远的背影。

我心不在焉地走在车站大楼的书店里，然后坐在楼梯旁的长椅上。我开始怀疑自己看错了，便决定回到家庭餐厅确认一下。虽然应该没有看错的可能，但不去确认一下就不放心。

我在大太阳底下移动，满身是汗地来到餐厅。我装成路过的行人，不着痕迹地从窗户望进店内。原田哥仍然跟长发女亲昵地聊着天，他们的手在餐桌上交叠，两人的关系就像男女朋友……不过，看起来也像普通朋友，说不定只是在玩手掌交叠的游戏而已。

这时，我隔着窗户和原田哥对上了眼。他露出惊讶的表情。我心想逃走会显得很奇怪，便点头致意。原田哥向我挥挥手，从座位上站起来，经过收银台走出店外。

"今天也好热啊！"

原田哥像是觉得刺眼似的皱起眉。柏油路反射着毒辣的阳光。原田哥的表情比平时更柔和，那是我至今从未见过的神情。

"高桥同学，好久不见。集训后就没有见过面吧？你之后写作了吗？"

我们稍微闲聊了一下，约好要把集训时拍的照片以电子档传给他。店里那位长发女性注意着这里，是个非常漂亮的人。

"那一位是你的朋友吗？"

　　我看着店里的女性问。原田哥用怜爱的眼神向那位女性使眼色，然后说："那是我的未婚妻，我们打算明年结婚。不过，关于这件事，希望你能暂时对文艺社的社员们保密。"

　　"玲奈是我的中学同学。"

　　在车子驶向河口湖时，七濑学姐这样告诉我们。据她所说，学生会的前田玲奈学姐在中学时也曾担任班长，深得老师信赖。相较之下，七濑学姐老是在上课时打瞌睡，是个经常惹老师生气的学生。

　　"那时候，我们的关系还算亲近。玲奈几乎所有科目都是全年级第一，但国文成绩是我比较好。"

　　七濑学姐停顿了一下，用认真的表情重复一次：

　　"国文成绩是我比较好。"

　　语气就像要强调这一点似的。知道了知道了，很厉害啦！三年级的学长学姐们点点头。

　　"也许是这个原因，直到某个时期之前，她都对我抱持敬意；而敬意之所以变成轻蔑，是因为我故意在考试时放水。"

　　当时，七濑学姐班上的国文老师是个歇斯底里又讨人厌的家伙。

他会叫成绩不好的学生站起来，当众说出侮辱学生的话，满不在乎地让学生哭泣。为了反抗这位老师，七濑学姐在考试时交了白卷。然而，前田学姐无法原谅七濑学姐的举动。

"我以为玲奈得到所有科目的第一名会很开心，结果她非常生气。"

在这之后，前田玲奈学姐和佐野七濑学姐的关系便恶化了。就算七濑学姐想主动搭话，前田学姐也会表示"不要靠近我"。即使在上课时传字条给她，她连看都不看就把它揉烂。她们两人变得疏远，尽管上了同一所高中，却连一句话都没交谈过。

手机闹钟响起。

我从睡梦中醒来，睁开眼睛。

阳光斜斜地照进教室，微微带着黄色。运动社团的练习声，也在不知不觉中消失了。我站起来，伸了个懒腰。约好的时间就快到了，我离开无人的教室。

自从在家庭餐厅与七濑学姐讨论之后，已经过了几天，但短篇小说的情节设计丝毫没有进展。

我前往短信指定的地点。走出校舍，便可看见水泥河岸沿着运河的另一头延伸。凉风吹起，缓和了暑气。在岸边一角，有个头发半长不短的背影坐在那里。她可能感觉到我的视线，便转过头来。

"这里的景致很棒吧?

"这阵风好舒服啊!

"除了我们,没有其他人会来这里。"

隔着五个西瓜的距离,我在她身旁坐下。水泥被阳光晒得温热。我们默默地眺望运河。运河不像天然河川一样蜿蜒曲折,人工河岸笔直地延伸。河水平稳而徐缓地流动。

"今天要继续上次的话题,对吧? "

"对。"

为了使角色有真实感,我希望七濑学姐能够再次提供意见给我,让我继续前几天的采访——我用这般借口,把七濑学姐约出来见面。

"对不起,上次我突然就跑出店外。"

"是啊,简直就像看到不想看到的东西并逃走一样。难得原田哥也在,却一声招呼都没打。"

七濑学姐偷偷窥探着我的眼睛,仿佛在推测我对于她当场逃走的原因知道多少。

"因为我那天突然肚子痛嘛! "

七濑学姐马上装傻。

"真的? "

"而且,我还有想看的电视节目。"

"既然如此,那就算了。"

　　我从包包里拿出笔记本和笔，准备采访她。我今天事先准备了几个问题，这次必须好好地正视七濑学姐的内心才行。

　　"恋爱这个元素，跟我的人生完全扯不上关系，也完全无法理解。我想，如果能把七濑学姐的回答反映在登场人物上就好了。"

　　"嗯，好。"

　　"那就拜托你了。"

　　主角失恋了，对象是青梅竹马的少女，这就是他决定离开村子的动机。少女正在跟村里的成年男子交往，处于这种状况的少女，究竟抱持着怎样的心态？

　　"那么，第一个问题。"

　　我看着笔记本上的笔记发问。

　　"主角为什么没有发现自己的青梅竹马正在跟别人交往？你觉得是为什么？"

　　"什么嘛，原来是在问小说啊。我还以为是在问我的事呢。"

　　"对，我当然是在问小说。在设定上，主角和少女住在同一个村子里，而且村子也没多大。然而，主角为什么一直不知道少女跟其他人有了恋爱关系？"

　　"这个主角的确很迟钝。他为什么一直没有发现呢？我都想知道原因了。"

　　"比方说，会不会是这样的？少女跟那个男子之间，是一段让她不想公开的关系。因为她一边隐瞒，一边偷偷地和男子交往，所以主角与其他村民才一直不知道。"

"那是什么样的关系？"

"例如，那个男子其实有未婚妻之类的。"

我凝视着笔记本，所以不知道七濑学姐是什么表情。不过，我稍微感觉到她吃惊地屏住呼吸的气息。

"那个少女，或许是为了让男子喜欢上自己，才学未婚妻把头发留长——这种事在现实生活中有可能吗？"

中间隔了一阵漫长的沉默。我斜眼确认七濑学姐的模样，看到她脸颊有些僵硬地瞪视我。但是，我已经不能回头了。

"没有啦，我只是想要描写这种设定的登场人物而已。"

"你打算这样坚持下去？"

"我不太懂你在说什么。难道在学姐你的朋友中，有人有过类似的经验吗？"

七濑学姐"啧"了一声。

"我懂了，我懂了。那也很可能存在于现实生活中——这样你满意了吗？"

"实际上真的有那种事吗？"

"世界上有形形色色的人、事、物嘛！"

胸口闪过一阵痛楚，但我不能止步于此。我把她的回答整理在笔记本里，接着问第二个问题。

"那，你认为那两个人之间有恋情吗？也就是说，那个少女和她交往的对象之间。"

"你指的是小说吧？"

"当然。这跟现实中存在的人或团体没有关系。不过，为了让人物更有真实感，我想要征求真实的意见，以及很可能实际存在的情况。"

七濑学姐又"啧"了一声。

"男方或许只是玩玩罢了。"

"那女方呢？"

"至少刚开始的时候是真正的爱吧。"

"那个男子哪里好？"

"思考模式……吧。还有他的严格和温柔，然后就是他拥有自己没有的观点。长相也很喜欢。当女方听到对方说'要是没有接触到你的纯真，我就完了'之时，甚至产生了想要守护对方的念头。"

七濑学姐一开始的回答有些自暴自弃，但后来就渐渐充满了热情和真心。我逐一消化事先写在笔记本上的问题。就连某些难以直接开口的问题，我都坚称是指小说的登场人物并借此询问。这跟壁球运动很相似：两名选手面向墙壁，用很像网球拍的拍子交互击球。我们不直接进行问与答，而是像朝着墙壁击球般，将问题投射在小说的登场人物上。

那名少女是怎么跟男子坠入情网的？

在男子对少女说过的话里，哪一句最让少女开心？

少女和男子的关系持续了多久？

"……但是，对方有未婚妻啊。"

"有时候，少女会觉得这样也无所谓吧。"

"例如，什么时候？"

"像是从睡梦中醒来的时候吧。睁开眼睛，发现对方正凝视着自己。"

反射在水面上的阳光摇曳，好几次把视野染成一片白。

"少女曾经对未婚妻感到抱歉吗？"

我想起自己的母亲。躺在沙发上打盹儿，看到我便喊出陌生男人名字的母亲，跟七濑学姐重叠合一。天上传来一阵低沉的声音，抬头一看，飞机云正拉出一条直线。

"我想可能有哟。她总是抱着满满的罪恶感。不过，她可能觉得男方总有一天会跟未婚妻分手，回到自己身边……真是个傻孩子。所以，主角才会觉得离开村子是正确答案。自己竟然喜欢上这种女孩子，实在太蠢了。"

"我觉得少女有点可怜呢。"

"她值得别人同情吗？你觉得少女接下来该怎么办才好？"

“找人商量一下吧？”

“虽然村子里有好几个同年纪的女生，但应该没有人可以商量这种事吧。”

“她只是独自烦恼……当然，我是指小说的登场人物。”

“我知道啦。”

七濑学姐微微绽开笑容。那不是想要掩饰什么的表情，而是夹杂了好笑与悲伤……百感交集的表情。

“这种话题能当作参考吗？”

“当然可以！”

我知道自己在投机取巧。我宣称要采访，借此偷窥了七濑学姐的内心世界。飞机云散开，夕阳逐渐变成金黄色，让风景闪闪发亮。

“学姐，对不起，问了你这么多问题。”

“没关系。能说出来真好。对了，高桥同学，之前你说过你有喜欢的人吧？之后怎么了？你跟她告白了吗？”

“才没有。说到底，我过去完全不了解那个女生。”

“过去？”

“不过，我现在觉得稍微能够了解了。所以，我放弃了。我想放弃。那个女生有喜欢的人。”

“喜欢的人有喜欢的人，所以要放弃，是吗？这样你也无所谓？"

"这也无可奈何，不是吗？"

"你觉得无所谓的话就好。如果能如此了事，是最简单的。不过，既然如此，就代表你只能跟喜欢自己的人谈恋爱——那你跟你妈妈谈恋爱不就好了？"

学姐用与说话内容相反的悠闲语气说。

"我想，身为主角青梅竹马的那个女孩，从一开始就知道对方有未婚妻了。她也知道，男方是个就算有未婚妻也会出轨的人。尽管如此，当男方引诱她的时候，那女孩还是很高兴的。不，也许是那个女孩先勾引对方的。"

我觉得自己稍微了解了七濑学姐。她露出我没看过的神情，低下头。

"实际上，刚开始的确无所谓，那女孩很开心，也很幸福。可是后来逐渐痛苦起来，对男方的未婚妻是既羡慕又憎恨，同时因嫉妒心而饱受折磨。此外，还很讨厌男方的不诚实与自己卑鄙的一面。虽然在一起的时候很好，不过一旦离开对方，就会满脑子想着讨厌的事，觉得自己很丑恶。"

河面在夕阳的照射下水波粼粼。我很想告诉学姐，你不该这么痛苦。你不该这么悲伤，应该更幸福才对。学姐跟我这种人不同，是个开朗又很棒的人。除了原田哥，你应该还有很多好对象，不是吗？

"高桥同学，你会瞧不起那个女孩吗？"

"不会。"

"但我会。"

在逐渐下沉的夕阳照耀下，我寻找着词汇。

我有一件事想告诉七濑学姐。我鼓起勇气。

"身为主角的少年，一定比谁都更加了解——多亏了那个女孩，他才能够积极向前。"

我总算挤出这些话。

"谢谢你。"

七濑学姐小声地道谢。然后，她"哎哟"一声站起来，像要看着夕阳下沉的最后一幕般伸了个懒腰。太阳的最后一道光芒，被七濑学姐的长发所反射。她揉揉眼睛。我还有话没告诉她，却一个字也说不出口。

"你看，红色光芒沉下地表了。"

她带着又哭又笑的表情转过头来。远处传来海鸥的鸣叫。

她很自然地缩小五个西瓜的距离，坐在我身旁。我们一起凝望逐渐褪色的运河。饱含水汽的风缓缓地吹过。接下来发生的事情，我一辈子都忘不了。

这天是暑假的尾声，距离交稿日还有十天。

仿佛做梦般的时光，用比夕阳下沉更慢的速度流逝着。我记得七濑学姐轻轻闭眼时的瞬间表情，也记得她嘴唇的柔软触感。

那段时光，短得就像鱼鹰点水。那个吻，却犹如永恒。

蝉声的大合唱，像是要激起人高昂的情绪般作响。我已经无法装作什么事都没有发生，也无法忘记或放弃。

我没有逃避，而是采访了七濑学姐，想让采访内容升华成故事，想把难以接受的事实与难以理解的世界放进自己的世界里。如同踏上旅程的主角，我也要打破自己的外壳。然而，那之后的三天，我只是一个劲地心情亢奋，什么都写不出来。

我以为一切都会顺利进行，但人生总是相反。

那之后的第四天，我想要发短信给七濑学姐，却不知道该写些什么才好。七濑学姐现在在想些什么呢？七濑学姐究竟有什么意图？那件事到底算什么？她是抱着什么心情吻我的？

第五天，猜疑心逐渐涌上心头。我心想，那根本没有意义，她只不过是在诱惑我、戏弄我罢了。

第六天产生的自卑感和第七天产生的嫉妒，开始在我脑海中互相角力。我试图正视自己的心：内心深处却掀起了狂风暴雨。好痛苦。我和七濑学姐之间发生的事，就像从未发生过一样——取而代之的是，我开始回忆起七濑学姐与原田哥彼此索求的画面。从小开始培养的丰富想象力令我作茧自缚。七濑学姐抵抗不了原田哥的甜言蜜语，也违逆不了他那诱人的手势，最后终于主动回应……这对我而言难度太高了。好痛苦。嫉妒未婚妻的七濑学姐，难道就是抱着这样的心情吗？假如真是如此，这实在很难受。御大说的"坠入谷底吧！痛苦挣扎吧"，指的就是这个意思吗？

我心想非得写小说不可，却完全无法着手。仿佛有炮弹从四面八方飞来，而我的战舰既没有武器也无法操纵，已经满身疮痍——不，说不定早就被击沉了。我什么都写不出来。

交稿日近在三天后。我想起学长学姐们说陷入"瓶颈"时可以去散散步，便走出家门，岂知遇到午后雷阵雨，淋得像只落汤鸡。不幸力……不过，我已经困窘得无力去理会。七濑学姐在我脑海中挥之不去。她为什么喜欢原田哥？她为什么是喜欢原田哥，而不是喜欢我？她为什么吻我？可是小说……要是不写小说的话……

回到家，我打着喷嚏，面对着电脑。大雨让我的身体变得冰冷，似乎感冒了，但我没空管这个了，我至少得先写出小说开头才行，否则就来不及了。我用体温计量体温，显然发烧了。身体摇摇晃晃地从椅子上滑落。

我放弃写作，钻进床上。我忍耐着寒气，身体宛若胎儿般蜷缩。半梦半醒之间，我失去了时间感。妈妈喊"吃饭了"的声音从房外传来。笑声从弟弟的房间通过墙壁传来。他可能是在跟女朋友通电话吧。我躺在床上，塞住耳朵。

我没有做梦。时间究竟过了多久？

自窗帘的缝隙中，看得见明亮的光。时间至少过了半天。

我之所以醒来，是因为放在书桌上的手机响起。我爬下床，抓起手机，液晶屏幕上显示这通电话是公用电话打来的。会是谁呢？我按下通话键，听到一个熟悉的声音。

"你要让我等到什么时候？还不快给我滚出来！"

我本来想把手机丢出窗外，但打消了念头。

"……发生什么事了吗？"

"原稿有进展吗？反正你一定没在写吧？哇哈哈哈哈！我就是想到这件事，才打电话给你的！"

御大没发现我正虚弱，怒骂般地高声道。

"啊，是啊……"

御大的声音充满活力。他是从哪里查到我的手机号码的？我明明就提防着不让他知道。尽管如此，御大的心情似乎很好，亢奋地说个不停。内容全是些无聊的话题，像是今天天气真好、风吹起来很舒服、刚刚吃了荞麦面、为了买钢笔墨水而出门了之类的。他一气呵成地说完，我则心不住焉地回应他。

"哦，这样啊……"

"如果墨水用不完的话，我本来打算直到写完为止都不走出房门，连饭也不吃了！我打算等一下就要回家，然后继续撰写原稿的后续。我想把这件事情告诉你，所以就打电话给你了。光太郎，我已经写了三千张了哟！"

"咦？"

"换算成四百字的稿纸，就是三千张。"

"那是小说吗？你正在写作？"

"当然了！我无时无刻不在写作，只是没有完成罢了。哇哈哈哈哈！"

"你的脑袋没问题吗？"

"光太郎，你也加油吧！"

这时，电话应声挂断。大概是投入公用电话的金额用完了吧。是吗？御大在写作啊。我打开窗户，的确如御大所说，有一阵很舒服的风吹了进来，把窗帘吹得翩翩飞舞。或许是睡了一觉、流了汗的关系，感觉身体好多了。

总之先吃点东西吧。我离开房间，走向厨房。虽然找过冰箱，却什么也没找着。

"想吃饭吗？"

背后传来一个声音。回头一看，爸爸就站在那里。

"嗯。妈妈呢？"

"她去买东西了。飒太好像是去约会哟。"

爸爸一身假日的穿着打扮，从他手上拎着一本厚厚的外国推理小说来看，他刚才一直在安静的客厅里看书。他跟我不同，个子很高大。既然我们之间没有血缘关系，不一样也理所当然。

"要不要出去吃？"

爸爸如此提议，我犹豫了。因为身体还摇摇晃晃的，而且还得写小说……然而，我点头了。

"好，出门吧。"

"你想吃什么？"

"荞麦面。"

出发之前，我把吸满汗水的衣服换掉。自从我两年前得知自己出生的真相以来，这还是我第一次跟爸爸两个人一起出门。先坐上车的爸爸，发动引擎等着我。

以前跟家人共同出门时，我总会客气地坐在后座，所以也很久不曾坐上副驾驶座了。车子开到大马路上便加快速度，窗外的风景开始飞逝。

我为什么会决定跟爸爸出门呢？理由我也不太清楚，但就是想这么做。等红灯时，爸爸伸手调整冷气的风量和温度设定。

"你感冒了吗？"

"好得差不多了。"

"吃药了吗？"

"没有。"

"为什么不说？"

"没有严重到要说吧。"

"要看医生吗？"

"不用啦。不过，要是能先洗个澡就好了。"

"你晚餐也没有下来吃，我们很担心你。妈妈上楼叫你吃饭，你拒绝她了吧？"

"我不太记得了。"

我们走进郊外的荞麦面店，穿过门帘，点了冷的荞麦面，两个人面对面唏里呼噜地吃着，有一句没一句地谈论有关书的话题，像是现在读的小说，或是最近读到什么有趣的书籍，针对这些来交换心得，连荞麦面汤都喝得心满意足。

"文艺社要制作社刊，我必须写出能刊登在上面的小说才行。"

"咦？小说啊。你以前经常说自己编的故事给飒太听呢，是叫作《追忆的神鹰》吗？"

上小学时，我编了一个叫这个名字的机器人的科幻故事。与其说是故事，其实只是写成笔记的设定而已，但爸爸竟然还记得，这让我很惊讶。爸爸看着空的荞麦面碗说：

"这么说起来，以前我写过小说呢。"

"咦？爸爸也写过？"

"我中途放弃，之后就再也没写了。刚好就是你这个年纪。光太郎，真是不可思议啊。"

"嗯，就是说啊。"

明明我们之间并没有血缘关系。

走出荞麦面店之后，我们决定稍微兜一下风。车子在风景美丽的马路上奔驰，收音机里流泻出来的曲子传入耳中，舒服的风从窗外吹了进来。我的身体比出门时好多了。鲜绿色的行道树，沿着自然公园的广大腹地排开。不知怎的，聊到了飒太和他的女朋友。飒太似乎带女朋友回过家，爸爸也跟她遇见过。

"那你呢？你有喜欢的女孩子吗？"

我想起七濑学姐的嘴唇触感，身体发烫。接着，胸口闪过一阵痛楚。

"我在文艺社里有喜欢的人，可是她已经有喜欢的对象了。"

我平常不会谈起这样的话题，或许是因为不想输给飒太吧。我向爸爸说明七濑学姐、原田哥以及他未婚妻之间的关系。

“那个男人跟其他女性有婚约啊？”

“对。也就是说，对那个男人而言，我喜欢的女孩子是他的外遇对象。”

“那么，最好尽快中断这段关系。要是这段关系曝光，婚约取消的话，未婚妻可能会求取赔偿金哟。”

“咦！”

“不过，这就要看对方的意思了。爸爸当年虽然已经结婚了，但我并没有向外遇对象求取赔偿金。”

我目不转睛地看着握着方向盘的爸爸。车子的速度减慢，在林荫道的路肩停了下来。风吹枝叶的影子就像起了波纹般摇曳。

“爸爸，我有件事想问你。”

“等一下，我把收音机关掉。”

轻快的歌曲一消失，车内就弥漫着一种带有压迫感的寂静。

“那个……是关于我的遗传基因。一半是来自妈妈，另一半是从哪里来的？”

“从那个男人身上来的。”

“你见过他？”

“嗯，见过几次。”

“他长得跟我很像吗？”

“你再长个几岁，可能就会越来越像了。”

不知道为什么，在我的想象中，那个男人的年纪远大于爸爸。

"一开始，我本来打算向他求取赔偿金的。对方开出的金额不小，也说会负责把你打掉的费用。"

"打掉？"

"对，就是堕胎。"

这么露骨的用词，让我吓了一跳。

"也就是说，我很可能不会出生？"

"何止是可能，已经确定了。我看过超声波照片，那时候的你，还是个跟小指尖一样大的颗粒。连痛觉都没有，就要消失了。在你意识到'自我'之前，就不在这世上了。我本来已经跟你妈妈商量好，手术也预约好了。不过，到了那天，我却突然改变了主意。"

"为什么？"

"因为吹起了一阵风。"

"风？"

"是啊。那天早上，我打开窗户，风就吹了进来，把那家伙放在桌上的超音波照片吹走了。那张照片，正好飞进了料理台上装厨余的滤网里。我把沾满厨余的照片捡起来冲洗时，不知道为什么，突然觉得把你养大也不错。"

"但是，那不会很讨厌吗？我可是陌生人的小孩啊？"

"没多久，我就觉得那种事情根本无所谓了，还拒绝了那笔赔偿金。毕竟，要是拿了赔偿金，就好像是为了钱才把你养大似的，那不是很讨厌吗？于是我决定抚养你长大，你得靠爸爸赚的钱吃饭才行。"

"你不恨妈妈吗？"

"我自己也有错。当时，我满脑子只想着工作。你妈妈应该是希望有个人可以扶持自己吧。那或许是个无法挽回的错误，但某段时期，她真心爱着那个男人。然后，我便决定原谅你妈妈了。"

爸爸说的话，在我心底回响。

"所以你也一样。如果有个女孩子独自怀抱烦恼活着，你可不能视而不见，要找她谈一谈才行。如果只是喜欢她、想得到她，连小学生和中学生都办得到。不过呢，若换成爱她、原谅她，得高中以上才办得到——不，对高中生来说搞不好也很困难。"

爸爸如此笑着说。他指的大概是我喜欢的人吧。但是，爱一个人，原谅一个人……我办得到吗？

"……首先该怎么做？"

"去理发厅剪头发吧！"

我遵照爸爸的提议，决定去剪头发。车子再度发动，不久便驶入理发厅的停车场。据爸爸说，这家店是他大学学弟经营的。

我一坐上椅子，理发师便开始剪起头发。每当剪刀一动，遮住耳朵的蓬乱头发便随之掉落。店长看着我逐渐变得清爽的脸，说：

"不愧是父子，长得真像！"

我和爸爸通过镜子互望，露出苦笑。

"是吗？长得很像吗？"

"明明就一模一样呀。喏，像是眼睛一带。"

我凝视镜中的自己，思考。我也能够抬头挺胸地活下去吗？人生在世，会遇到许多不幸。讨人厌的事物，不公平的对待、挫折，还有别人攻击的态度。今后，我一定也会遇到挫折和伤心事。不过，每到这种时候，我就必须勇敢起身、跨步前进。我办得到这件事吗？

在店长的目送下，我和爸爸走出理发厅。夏日午后，阳光依然猛烈。我朝车子走了几步，背后有一个声音叫住我。

"光太郎，你长高了呢。"

爸爸用复杂的表情看着我。

"我想你应该知道，最痛苦的人，其实是你妈妈。"

爸爸也许一直都想把这件事告诉我。

"嗯，我知道。"

从前吹起了一阵微风，于是我出生了。我原本不会出生在这个复杂、难以理解又毫无道理的世界。

但是，我出生了。

"要走啦，光太郎！"

"好！"

车子开始行驶，我打开车窗。

然后，我侧着头，用很久没露出来的耳朵，感受风的吹拂。

答案就在风中

九月下旬的天空蓝得通透。即将来临的秋天气息和残余的夏日暑气交杂在一起，我们的学园祭便在这当中热闹地展开。

　　"来买刚出炉的章鱼烧哟！"

　　章鱼烧、奶油烤马铃薯、爆米花、涂鸦仙贝、吉拿棒、热狗、饼干、可丽饼、海苔烧、麻薯热狗……校园里，贩卖食物的摊位鳞次栉比。摇滚乐团的演唱会音乐声，从礼堂的方向传过来。

　　"来买炒面哟！"

　　体格壮硕的棒球社社员一副卖铁路便当的打扮，在校舍里走来走去。各教室中开设了各种摊位，像是女装咖啡厅、一般咖啡厅、天文馆、摄影棚和鬼屋，等等。除此之外，还有放映原创电影，以及静态社团的活动展示。

　　走过"知识之桥"后，我们文艺社的社员正聚集在河景区一角。

去年我们贩卖名为太宰团子或三岛团子的"文豪团子"，今年则是以一册三百日元的价格，发行大家一起制作的社刊。

"来买刚出炉的小说呀！"

井上社长穿着日式祭典服，用滑稽的叫声这么喊，被水岛副社长说了几句。旁边有一块我们熬夜做好的宣传用的大广告牌，靠着墙壁竖立。方桌上摆有中野学姐制作的可爱 POP[1]，印好的社刊就堆在旁边。社刊以流利的字体印刷，名称就叫作——

《风域 vol.1》

封面用的是铃木学长拍摄的照片。在河口湖对岸，神圣的富士山高耸屹立。湖泊正中央拍到了奇怪的黑影，可能是河口湖水怪，也可能是一艘由孤独男人所划的船。

我们决定要以收费的方式来发行《风域 vol.1》。它使用了相当高级的纸张，封面印刷也很精美，成品看起来绝不廉价。有关定价和品质之间的拿捏，是由七濑学姐和井上社长多次讨论后决定的。社刊虽然不至于畅销，但经常有其他学校的学生和家长对它感兴趣，也有人在翻阅后掏钱购买。

1　POP 是 Point of Purchase Advertising 的缩写，商家以此作为促销的广告。

　　有个像是借着参观学校之便来参加学园祭的中学女孩，拿起了我们的社刊。我站在离摊位稍远的地方，充满感动地看着她。

　　"谢谢惠顾！"

　　卖书的学长学姐和买书的中学女孩，都露出了开心的表情。

　　我抱着不可思议的心情，目送那位素未谋面的中学女孩离开。一想到自己写的小说有人看，我的心情既难为情，又害羞和紧张。除此之外，也怀有抱歉和骄傲的心情。

　　临截稿时，我像是被缪斯附身似的持续写着小说。句子变成文章，一行变成一页，最终逐渐构筑出自己的世界。

　　风呼啸而过，野草海浪般摇曳。

　　这片怪物不会靠近的安稳草原，有个别名叫作"寂静草原"。

　　"喂，你在哪里——？"

　　他正在找她。对幼小的两人而言，草原上那片长长的草，正适合他们躲藏。

　　"哈！

　　"哇啊！"

　　她突然从草丛中现身，让他吓得差点跌坐在地。

　　太阳下山之前，青梅竹马的两人总是在这里玩耍。捉迷藏、踩影子、圈圈叉叉、高迷藏[1]、色迷藏[2]、跳格子……有时候，他们也会拿起树枝模仿剑士。

　　他和她都很孤独。但只要两个人在一起，就不会感到寂寞。

　　"哎，你长大之后想做什么？"

　　"嗯，我想成为像我爸爸一样的冒险家，到世界各地去旅行！"

　　"哎，感觉好好玩哟！"

　　女孩笑了，好奇心全开的眼睛滴溜溜地转。一头短发舞动般地跃动。

　　"那，我也带你一起去好了！"

　　"真的吗？"

　　两人钩钩小指，定下约定。

　　在寂静的草原上，全世界最小的"永远"诞生了。

　　从河景区的窗户向下俯瞰，校舍后方有一小块广场，带着小孩的家庭正在那里游玩。广场的另一头，则是一个月前和七濑学姐一起度过那段时光的运河。

　　我不知道自己是否写出了好的小说。写作时，小说属于自己；

1　捉迷藏的一种，当人的所在位置比鬼高，鬼就不能抓他。
2　游戏规则是，先由当鬼的人指定一种颜色，其他人必须去摸那种颜色，免得被鬼抓到。

一旦它成为作品，就属于读者。作者无从得知读者脑海中会形成一幅什么样的景象，响起什么样的声音。小说文本会和读者的记忆、想象力融合，诞生出崭新的世界。由文字所构成的形象从作者传达给读者，并且把双方联结在一起。我觉得那幅景象就像是生命的延伸。假设小说是遗传基因的话，那么印刷出来的书就是身体。

听说那女孩要跟隔壁镇上的贵族结婚了！她家很穷，应该是这个原因吧？

当他从同村的朋友口中听到传言时，顿时坐立难安。他想当面向她确认。他想确认那则传言是假的。他溜出剑术学校的宿舍，跑到她家去。

"……你怎么会在这里？"

大概从他的怒气中察觉到了什么，她一瞬间露出了歉疚的表情。而那个表情，也许就代表着所有答案。

"可是，已经太迟了。而且又夜深了。"

她送了他一程。他瞥了一眼她稍微留长的头发。

"我们以前经常在这里玩呢。"

两人肩并着肩，凝视草原。他们是从何时开始，不再踏进这片草原的呢？是在他深深体会到自己的无力之后吗？还是得知她家的经济状况之后呢？

她站在草丛前。小时候能让自己躲藏的草丛，如今的高度只到膝盖。

"我们再也无法躲在这里玩了。"

这句话刺痛了他的心。他一句话也说不出口。

"幸好赶上了！我一度以为来不及了呢。"

七濑学姐微笑着说。

"因为交稿和校对都差点来不及了嘛。"

交稿日后，七濑学姐一边检查原稿，一边进行排版。此外还要制作目录、设计装帧、制作封面和校对，我想她一定每天都很辛苦。她总是在学校留到很晚，我也一直陪着她。这是因为我对杂志的制作有兴趣——但原因当然不仅如此。最后，稿子勉强在限期内交给了印刷厂，我们松了一口气地抚着胸口。或许是因为一起辛苦过，我觉得《风域 vol.1》就像我和七濑学姐的孩子一样。

隔天，七濑学姐把头发剪短了。是甩开了什么吗？还是做了什么决定？又或者只是转换心情？就算向七濑学姐询问，她也不会告诉我吧。不过，七濑学姐果然比较适合留短发。

"虽然现在说为时已晚，不过你写的短篇里，我有个地方不太懂。"

"哪个地方？"

"故事中，主角不是把自己关在房间里闭门不出吗？这时，主角应该很清楚女主角的心情吧？明明知道，却拼命装作不知道，太狡猾了。这样一来，女主角不是很可怜吗？在我看来，男主角只是借口一堆罢了。"

"这样啊。"

我看着露出笑容的七濑学姐，再次觉得她就该留短发。

我们两个人过去都留错了发型。

在漆黑的惩戒室中，他抱着膝盖蹲着。

"喂，吃饭了！"

守卫的声音传来。抬头一看，放有食物的托盘从小窗中送了进来。

太阳就快下山了。就快来不及了。等到太阳下山就太迟了。再这样下去就来不及了。

身体的疼痛，以及长时间没有合眼，让他的意识逐渐模糊。自远方传来风的呼啸。

呼——呼——呼——呼——从前在摇篮中听到的风声；远在出生之前就感受到的风声。呼——呼——呼——呼——

要是再不去的话……

他站起身，东倒西歪地前进。惩戒室的大门紧闭着，无论推或拉都纹丝不动。这时，他察觉父亲遗留的手环发出微弱的光芒。

伴随一阵可怕的声音，惩戒室那扇笨重的大门被吹跑了，只留下大魔法炸开过的痕迹，连他自己也大吃一惊。

一名守卫看着他和被吹跑的门，神情恐惧。其他守卫太过惊恐，发出呜呀啊啊的奇妙叫声，瘫坐在地。

"门竟然破了！怎么会有这种事！"

一名守卫吃惊地叫道。

"这……这难道是……那个……"

他的身体里充满了过去没有的力量。为什么……为什么自己能够释放出这么大的力量？难道说，那股隐藏在自己体内深处的惊人能力得到解放了吗？不过，这种事情现在根本无所谓。

"我不去不行！"

他跑出惩戒室。在通往外面的路上，守卫们络绎不绝地群聚，手上拿着镇压用的武器。

他毫不犹豫地朝他们冲去，人墙顿时像纸一样四分五裂。

"妈妈，对不起！"

他一边跑一边想。

"妈妈，对不起！谢谢你过去把我抚养长大。"

他奔跑着。在他的前方，红色光芒正要沉下的地表，夜晚的帷幔展开双翼，把世界深深覆盖在黑暗的怀抱中。

"妈妈，我要走了！我并不恨你。总有一天，我一定会成为了不起的剑士，凯旋！"

他在无垠的夜幕下不断奔驰着。已经没有任何人看得见他的身影。

哈啊——哈啊——哈啊——哈啊——哈啊——哈啊——哈啊——哈啊——哈啊——

我不停地跑。我的目标只有一个。再也不能逃避了。

哈啊——哈啊——哈啊——哈啊——哈啊——哈啊——哈啊——

回过神来，他已经站在青梅竹马的家门前了。那是一间平常没有人会留意、位于郊外的老旧房屋。不过，这天晚上，有好几个卫兵在看守她家。

他绕到房子后方，小心地不被卫兵发现。确认她的房间还亮着灯之后，便把脚边的小石头丢向窗户。过了一会儿，窗户便发出嘎啦嘎啦的声音，被打开了。

在两人四目相交的瞬间，她的表情从疑惑变成了惊讶。两人隔着声音传递不到的距离，互相凝视。

"刚刚有怪声！"

"在这里！"

卫兵们的声音传来，他再次盾入黑夜。

在《风域 vol.1》完成的隔天，井上社长送了几本去给学生会。据说，社刊经过多人详细调查，讨论文艺社是否达到了不需废社的条件。

一、在学园祭当天发行并分送收录了社员作品的册子。

二、册子里刊登的稿件不能是过去的旧作，必须是本年度撰写的作品。

三、册子里必须收录至少一篇新社员的原创小说。

四、让册子有价值。

总是跟在前田玲奈学姐身边、戴着银框眼镜的一年级学生，代表学生会来传达文艺社的去留。由于社刊成功赶在学园祭当天发行，达到了第一项条件。第二项和第三项也达到了。然而关于最后一个条件，似乎也有人提出"阅读这种低水准的文章，就只感到痛苦而已"的否定意见。

在文艺社社员们紧张的注视下，石井启太取出《风域 vol.1》，交给井上社长。那本《风域 vol.1》上贴着大量便利贴，到处都用红笔写了感想，同时也标出文字录入错误和误用惯用句的地方。在我的小说里，我不小心把"遁入"打成了"盾入"（这是因为我在中学二年级时想了许多必杀技的名称，让文字输入法学会了错误的用字）。

此外，在叙事的段落中，有时用第三人称的"他"，有时又用第一人称的"我"。

"至于内容，总归一句就是无聊。不过，废社的事情将暂缓一年。"

"暂缓？"

七濑学姐露出讶异的神情。

"有很多人认为应该废社，不过还有一线生机。前田学姐的主张是，等确认下一期社刊的成果后再废社也不迟。因此，你们明年也要以相同的条件，在学园祭结束之前推出社刊。如果看不出成长的迹象，届时将正式废社。"

虽然结论只是暂缓废社，但井上社长似乎很满意。

"这样很妥善。这就代表，至少过去一年的价值受到认可了。在未来一年内，文艺社只要成长到让学生会屈服就好，很轻松的。不过，我无法参加这场战役了，实在可惜。七濑同学、铃木同学和高桥同学，文艺社以后就交给你们了！"

"文艺社的历史没有在自己这一届结束，真是令我松了一口气——井上社长，这样翻译可以吗？"

水岛副社长冷静地说。

后来，当我和七濑学姐一起走在走廊上时，刚好遇到了前田玲奈学姐。双方快要擦肩而过时，两位学姐同时停下脚步，面对彼此。

"玲奈，谢谢你暂缓废社。"

"佐野七濑，你的工作成效让我很失望。误植那么多，到底算什么？"

"因为时间快来不及了。不过，你为什么帮我们？"

"我并没有要帮你们的意思。只凭一本社刊，恐怕会做出不恰当的评价。如果人要通过写小说来获得成长，为了给出更适当的评价，当然需要长期观察。"

接着，前田学姐看了看我。她细长的眼尾还是老样子，有着日本刀般的美丽和魅力。"我在你的作品里看见了苦闷的痕迹，但内容还是太幼稚了。我的感想只有这样。"

前田学姐背对着我们，头也不回地走了。

清早，一阵强风吹拂寂静草原。

从那之后，他就一直等待着，但她没有来。绝望和放弃的念头闪过脑海。她已经前往邻镇了吗？我们再也不会见面了吗？

"哈！

"呜哇！"

她冷不防从草丛的阴影中探出头来，吓得他差点跌坐在地。她看到他流着泪又大吃一惊的表情，便快活地哈哈大笑。

"……你什么时候来的？"

"我一直都在这里啊！我一直都在看着你。从很久很久以前就看着你。"

她慢慢地走近他。

"我们去冒险吧，我们小时候就约好了。"

我慢慢地握住她伸出的右手。

地平线的另一头，红色的球体缓缓升起。

其他社员负责照顾摊位时，我就在校舍里到处逛逛，参观其他社团的展示。我买了用炙热铁板煎出来的可丽饼和不成对的章鱼烧，用它们祭了五脏庙。

到了下午，由我和七濑学姐负责贩卖社刊。我们坐在长桌前，隔着桌子和客人们交流。当我看着人们来来去去时，听到一个熟悉的声音。

"哥！"

弟弟挥着手。爸妈也跟他在一起。我没听说他们要来，便焦躁起来。弟弟看到《风域 vol.1》这个书名，顿时露出开心的表情。

"这个书名好棒啊！是哥取的吗？"

"怎么可能？是我们大家一起想的。应该说是尊敬的学长说过的话吗？不，我们并不尊敬他就是了。"

我向七濑学姐介绍我的家人。

"这是我弟弟，他叫飒太。写作飒爽的飒，太子的太。"

"啊啊，原来如此。飒太，你好。"

社刊的刊名用了一个"风"字，似乎让弟弟很开心。只因为这样，他就像个孩子似的聒噪。妈妈向我们买了两本社刊。不过，每个社员都已经分到了一本，其实没必要买的啊。

把书递给妈妈时，我的手指在一瞬间碰到了她的手指。各种情感在我内心闪过。小时候，我总是每天握着妈妈的手不放。然而，距离上一次碰她的手，究竟隔了几年？

"我很期待光太郎写的小说哟。"

"写得也没多好啦。"

我直视妈妈的眼睛。她表情温柔。

妈妈背叛爸爸，怀了其他男人的小孩。而那个被生下来的孩子就是我——这又怎么样呢？这有什么？这样不就够了吗？很不可思议的是，我现在竟然能够这样想了。

妈妈曾爱着那个男人，也曾感到后悔和痛苦。爸爸原谅了她，妈妈把我生了下来。总有一天，我要成为能够打从心底原谅妈妈的人。我想成为能够打从心底感谢她把我生下来的人。

七濑学姐说，我的作品能够和"出生"的概念重叠。完成这篇小说，说不定就代表妈妈又生了我一次。我不认为我们能够回到以前那样的关系，但现在，我能把她视为独立的个体来体谅她。

妈妈开心地翻看《风域 vol.1》。真正令妈妈开心的，或许是我终于找到了归属，有了热衷的事物。

他们离开时，我和爸爸视线交会，对彼此点头行礼。在旁边看到这一幕的七濑学姐觉得很好笑。她大概觉得，明明是父子，对彼此点头行礼也太客套了。不过，我跟爸爸之间维持这样的关系刚刚好。离开时，爸爸向七濑学姐礼貌地点头致意，不知道是什么意思。

"也会有人阅读我写的短歌吗？"七濑学姐目送我的家人离开，这么说。

"看来有呀。"

我从堆在桌上的《风域 vol.1》中拿出一册，翻到刊登短歌的页数。一共有五首短歌，共享一个标题。

图书馆的书偏头痛

佐野七濑

不知来自何处的风 / 凑在不动的你脸上

卷末总有伤心的蚂蚁走过 / 不懂我的心情

未统一的用语让心四分五裂 / 你的唇是大骗子 / 下地狱去吧

当铅字化为星辰／夜空必定炫目／偏头痛将烟消云散

我爱书／又哭又笑／说声再见

"真自由啊。"

我说出感想。这几个像自由律短歌[1]又像诗的句子，我在校刊完成之前就读过很多次。其他没采用的作品，我也请七濑学姐让我看过。每次阅读，最先浮现的感想都是"真自由啊"。

"顺带一提，在第一首短歌里，被揍一拳的人是高桥同学你。"

"为什么我非得被揍不可？"

七濑学姐闭上眼睛，露出正在脑海中思考什么的表情，然后深吸了一口气，睁开眼睛。

"嗯。果然只要一想到高桥同学的脸，就想揍一拳呢！"

她开心地说着。既然如此，那就算了吧。

然而，当七濑学姐的视线望向来访的人群时，她的脸突然蒙上了一层阴影。人群中有一位很眼熟的长发女性。我试着回想那个人是谁，察觉她是和原田哥一起坐在家庭餐厅里的女性，也就是原田哥的未婚妻。

1　自由律短歌是不受五、七、五、七、七格律限制的短歌。

　　除了文艺社，也有各种各样的社团在河景区摆摊。那位女性一个摊位一个摊位地看，朝我们走近。当她看见宣传用的大广告牌和中野学姐制作的POP，便在我们面前停下脚步。

　　"啊，找到了！就是这个，请给我一本。"

　　她拿了一本《风域vol.1》，接着从长夹里拿出一万元纸钞。七濑学姐紧张地收下纸钞，我则把零钱递给她。

　　"原来你在这里！"

　　随着温柔的嗓音，原田哥也出现在河景区。从他跑向她的样子来看，应该是在找没说一声就跑不见了的未婚妻吧。当原田哥走到未婚妻身边，他才终于注意到七濑学姐。四目相交的两人，瞬间露出复杂的表情。

　　"你就是之前在家庭餐厅前面跟原田说话的男生？"

　　那名女性看着我。再次跟她近距离接触，更觉得她真的很漂亮。

　　"就是我。那时候没跟你打声招呼，真是抱歉。"

　　"他们两个是我的学弟学妹。"

　　原田哥重整心情，摆出笑脸，向他的未婚妻介绍我们。七濑学姐僵硬地点头行礼。

　　"哎呀，这不是做得很棒吗？"

　　拿起《风域vol.1》的原田哥说道。他哗啦哗啦地翻页，停在刊登短歌的地方。

"图书馆的书偏头痛？好有趣的标题啊。"未婚妻把脸凑近原田哥，从旁窥视着书页说。

"那是我的作品。"

七濑学姐直视原田哥。

"图书馆的书注定总有一天要被归还，离开借阅人的手。只有需要时才会被借出，用完了就还回去。我把这样的悲伤放进了作品。"

"啊，原来如此。"未婚妻点点头，但表情似懂非懂。

七濑学姐的视线一直集中在原田哥身上。她的表情瞬间动摇——泫然欲泣中，嘴角露出了笑容。

"这就是'又哭又笑／说声再见'。对吧，学姐？"

原田哥和七濑学姐的目光缓缓相交。

"似乎是这样呢。"

原本看着社刊的未婚妻抬头，看了眼七濑学姐，又用不明就里的表情转头看向原田哥。我因为太紧张了，甚至无法呼吸。总觉得要是有人稍微做出错误的反应，就会掀起一阵腥风血雨。

"人生总要说再见的。"原田哥爽快地说。

未婚妻歪着头，原田哥对她露出温柔的微笑。

"以前，她曾经找我商量恋爱方面的问题。刚刚是在讲那个。"

"哎呀，你还担任这样的职务啊？"

"你什么意思啊？"

这两人隔着长桌，在我们面前亲昵地对话。未婚妻欢快地笑着，原田哥则像宠爱家猫般地抚摩着她的头。

七濑学姐维持着背部挺直的姿势，眼神一片空洞。她的双眼暗淡无光……虚无。那是虚无的表情。

"社刊能完成真是太好了，恭喜你们！之后我再告诉你们感想。"

原田哥这么说，和未婚妻一同离去。当他们的背影远离到声音传达不到的距离，表情恢复正常的七濑学姐低喃：

"原田哪，你适可而止呗！"

她在模仿广岛腔。

"竟然敢在我面前光明正大地秀恩爱。不过，我也不讨厌你这一点啦。"

"……你的爱好还真奇怪。"

顺带一提，几年后，原田哥和他的未婚妻结婚了。他不断跳槽于编辑公司与游戏制作公司之间，在竞争激烈而严苛的娱乐业顽强地生存下去。在好几个游戏、杂志和 DVD 的幕后制作名单里，都可以看到他的名字。没过多久，便听说他成立了自己的公司。

到了换班时间，中野花音学姐和铃木润学长回来了。中野学姐先前跑去漫画研究社的朋友那里玩，而铃木学长明明很胆小，却跑去参观超自然研究社的展示板。今年暑假，超自然研究社似乎针对每到夜晚就会发出声音的诅咒日本娃娃做了调查。

"那些展示实在太棒了！"

当铃木学长站在长桌另一侧如此强调时，他的背后传来一个声音。

"那个……请问一下！"

铃木学长转头，看到背后站了一尊日本娃娃。

"呜呀拉啊！"

学长大叫出声，蹲坐在地。仔细一看，那并不是日本娃娃，而是一位娇小的直发女中学生。铃木学长夸张的反应，让她有些退却。

"请问，这个人还好吗？"

"没关系，他总是这样。"

七濑学姐冷静地应对。女孩从包包里拿出一本《风域 vol.1》。

"我刚才在这里买了一本，但是发现里面有缺页，可以换吗？"

我们确认了缺页的地方。宛如日本娃娃的女孩，好几次轮流看着我和七濑学姐。换到另一本社刊之后，她鞠了一躬就离开了。

"啊啊，好可怕！"

铃木学长抚着胸口站起来。然而，他的眼神还是提心吊胆，目光在空中游移。

这次，铃木润学长以笔名"Bic Lee"写了恐怖小说《斩首巡警追来了》。这篇小说把读者推进恐惧的深渊，在《风域 vol.1》所收录的作品中，完成度也特别高。

两年后，升上大学的他独自走遍全国的灵异地点，并开始经营

"Bic Lee 的吃惊部落格",受到一部分人欢迎。那项活动本来就是为了克服胆小才开始的,而它似乎多少达到了成效;就算从学长身后叫他,他也不再像以前那般惊吓了。

"原来有缺页啊。"

中野花音学姐用从容不迫的语气说。她这次以"芽衣"为笔名,写了一篇名叫《你的奇迹——有你的季节》的小说。《你的奇迹》在部分女学生中获得了热烈支持。虽然有传言说故事中的人物是以这所高中的学生会会长和体育老师为范本,但学姐对此不置可否。

隔年,高中毕业的中野学姐开始在车站前的大型书店工作,经常制作色彩缤纷又充满热情的 POP,连出版社的宣传部门都对她另眼相看。

"大家辛苦了!怎么样?卖得好吗?哦,卖得不错嘛!"

过了一会儿,井上社长和水岛副社长一起回来了。

"学园祭结束之前,应该可以卖完吧。"

这次,井上诚一社长以"井上马克斯"为笔名,写了具有轻小说风格的《听说我的脑内妹妹要靠舰队拯救世界》[1]。这部作品受到的负评令人难以置信,文艺社甚至还收到好几封抗议信。不过,井上

1　这个小说篇名可能是刻意集结一些著名轻小说的书名,例如《我的脑内恋碍选项》《我的妹妹哪有这么可爱》,以及游戏《舰队收藏》。

社长为社刊所写的后记《为了创造全新故事所该做的事》，倒是打动了读者的心。

后来，重考一年、升上大学的他，成了大学的科幻研究社社长。念了八年大学后，他回到老家继承父亲经营的建设公司井上建设。当时，公司正处于半破产状态，他在幕后联络并推动组织改革，把公司名称改为 INOUE[1]，结果业绩急速上升。然而，他也做了许多引人注目的争议举动，如为了参加配音演员的活动而丢下重要的会议。在《听说我的脑内妹妹要靠舰队拯救世界》之后，他就没有再写小说了。

"要是售价再高一百日元就好了，真是失策啊。"

"然也！说不定再多印三百本也卖得完——不，这就跟川中岛战役[2]的大本营对大本营一样，是不可能的事。"

凡事都能比喻成历史的水岛美优副社长，这次以笔名"伊织幽"撰写了名为《勇猛活着》的历史小说。作品以武田信玄为主角，虽朴实却深藏不露、意味深远，得到老师和家长的好评。

后来，她进入大学历史系，以成为博物馆的专业人员为目标。她在大学里不但是个优秀又认真的学生，实际上也是个相当帅气而

1　"INOUE"为井上的日文发音。

2　日本战国时代，武田信玄与上杉谦信为了争夺北信浓的支配权而掀起多场战役，其中最大的一场激战位于川中岛（今长野县长野市），故名。

美丽的女生。当她在大学二年级的秋天改掉"然也"这个口头禅之后，便大受异性欢迎。拒绝了无数求婚者，她最后偏偏和一位有如战国武将般粗野但认真的男性结婚，育有"政宗"和"信繁"两个孩子[1]。即使成为人母，她仍然以"伊织幽"的笔名继续创作，发表在网络上的几个短篇都博得好评。

"学长学姐们真是太厉害了，只剩下五本而已！"

我们决定大家一起卖剩下的五本。井上社长主动高声叫卖。我虽然希望社刊全部卖完，但也有点想要像这样一直和大家一起卖书。

"差点忘了！我要买一本，要送人的。"

"送人？要送谁？"

"就是那个人啊。"

"啊啊，是他啊，我都忘得一干二净了。既然这样，就送他刚才那本缺页的就可以了。"

"说的也是。"

我收起那本缺页的《风域 vol.1》。

一年后，御大——也就是武井大河，终于完成了一部厚达九千八百张稿纸、很了不得的巨作。但他大概是不满意成果吧，就在某天晚上放火烧了原稿。他以"要让你阅读完成的小说"为由

1　两个皆为战国武将的名字。

叫我出来，要我帮忙把一捆又一捆原稿搬上河滩。然后，他在那堆稿纸上慢慢淋上煤油，点燃一根火柴，就这么烧掉了。御大只对哑口无言的我留下一句"我要去寻找风"，便消失在黑暗中。此后，我们就完全断了联络。又过了几年，我才得知他在国外流浪。睽违许久才现身的御大，身上穿着因纽特人让给他的北极熊毛皮，腰上挂着非洲部落所使用的民族乐器，脸颊上有着深深的伤痕。他说这是刚才在天桥上跌倒所弄伤的。当我们再度见面，御大马上就向我大喝一声，因为他已经得知我干的好事。当年，我收集起没烧完的原稿，把能够辨识的部分用电脑重新打成电子档，并擅自以武井大河的名字拿去申报小说新人奖。我心想，如果作品得奖并发行成书，让"武井大河"这个名字出现在全国的书店里，他或许会跟我联络，所以就采取了这样的行动。最后，作品并没有得奖，但有评审留下了这样的评论："虽然意义不明又支离破碎，却充满异样的魄力。"另外，还有出版社的编辑联络我，说是一定要跟作者见个面，但由于御大行踪不明，所以这件事就暂时搁置了。后来，御大跟那位编辑取得联系，大吵了几次，又打了官司，才取回那部杰作。我跟朋友说了这件事情，对方却回我："你是不是在做梦啊？"

　　"请给我一本。"

　　"谢谢惠顾！"

只剩两本了。但在这之后，好一段时间都没卖出去。

我看着大家的表情，看着窗外那条绵延的运河景观、校舍建筑和学园祭的热闹情景，想把它们深深烙印在脑海里。这里是我的原点，以后我一定会无数次地回想起这里吧！

一个中学生年纪的男孩停下脚步，站在摊位前试读《风域vol.1》。但他显得很不自在，把书放回长桌上就离开了。所有社员都聚集在桌子旁边，用"要买吗？不买吗"的目光盯着他，也难怪他会逃开。我们自我反省，决定把照顾摊位的任务交给中野学姐和铃木学长，其他人则分散在附近。这项作战，就是要躲在隐秘的地方，偷看最后一册售出的一幕。

在稍隔一段距离的位置，有个卖棉花糖的摊位，正在免费发送灌了氦气的气球给小学以下的小朋友。它旁边有个空位，我便占领那里。事先灌好的一大串气球，刚好用来当作遮蔽物。

我躲在气球后面，看着文艺社的摊位。还剩两本。这两本卖完之后，我有一件事非做不可。

一名中年男子停下脚步，拿起一本《风域vol.1》，很感兴趣地看着。他翻了翻书页，似乎决定购买了。铃木学长战战兢兢地收钱，中野学姐则鞠躬道谢。

还剩一本。

原本躲在自动贩卖机旁边的七濑学姐跑来我这里，或许是想跟我一起看到最后。我跟她之间隔着肩膀几乎要互碰的距离，躲在一大串气球后面。好几个人停下脚步，但都没买就走掉了。

七濑学姐的叹息微微吹在我的耳朵上，让我好紧张。

原田哥会不会再来跟七濑学姐说些什么？有着奇怪爱好的七濑学姐，会再次回应他吗？像我这样一看就知道没有异性缘的生物，也不知道能不能阻止他们，但我想要认为自己办得到。就像主角凑巧在故事结尾释放出的惊人能力一样，总有一天，沉睡在我体内的能力也会觉醒。毕竟，我那个不知身处何方的亲生父亲，可是个爽快地在我妈妈寂寞时与她交好的男人。从好的方面来想，我身上或许也流着他那随性而强韧的血液。

一个中学生年纪的男孩子来到文艺社的摊位前。刚才那个没买就离开的孩子又回来了。他拿出钱包，铃木学长收下钱，中野学姐把《风域 vol.1》递给他——最后一册终于卖掉了！七濑学姐用无限感慨的表情，目送男孩的背影消失在人群中。

"那个……七濑小姐。"

我这么叫她。学姐转头，背后有五颜六色的气球。我强韧的血液啊，我真正的父亲啊，请赐我勇气！我许下这般心愿，觉得暗藏的力量似乎稍微释放了出来……当然，这只是我的错觉。

"我喜欢你。"

砰！东西破裂的声音传来。

买了棉花糖的小朋友正要接过气球，却面露惊吓地僵在原地。似乎是店员在递气球给他时，弄破了气球。我把目光移回七濑学姐身上，她的脸颊染成了粉红色。

咚！她捶了我的肩膀，然后又咚咚咚地，连续给了好几拳。

"等一下！你竟然选在这种时候？选在这种地方？"

"好痛！啊，真的好痛，等等，请你住手！"

七濑学姐仍然没有停下正在攻击的手。

井上社长和水岛副社长回到摊位，和中野学姐、铃木学长共同分享那份喜悦。我想快点跟他们会合，七濑学姐应该也是这么打算的，却因为我突如其来的告白而受阻。

"高桥同学！"

七濑学姐盯着我看。

"啊，是……"

"我很生气！"

她沉默了一会儿，然后傻眼般地叹了口气。

"高桥同学，你的小说只是把长篇小说的开头部分改写成了短篇吧？"

"对。"

"我想，那是正文开始前的楔子。"

作为气球破掉的歉礼，小朋友拿到了两个充满了气的气球。他露出开心的笑容，从我们眼前跑过。线的尾端，有两个红色球体幸福地飘浮着。

"如果你能把正文写完，到时候我再回复你。"

答案既不是 Yes 也不是 No，而是保留。我的小说正文尚未开始，但我的确踏出了开始撰写正文的第一步。

在我们附近，有一位宛如日本娃娃的女中学生手上拿着《风域 vol.1》，同时目不转睛地观察着我们。体格娇小、留着一头直发的她很擅长找出文字录入错误和缺页，她的兴趣则是偷偷观察情侣。

当时中学三年级的她在来年升上高中，同时决定加入文艺社。她跟几个朋友一起来了，还带着当初买的《风域 vol.1》。

在我和七濑学姐为了一决胜负而制作的《风域 vol.2》中，将会收录她撰写的青春恋爱小说《我知道你喜欢我～我那令人着急的两位学长学姐～》。

更好的阅读

出 品 人　沈浩波

特约监制　潘　良　于　北

产品经理　韩　帅

特约编辑　刘　烁

版权支持　冷　婷　郎彤童

装帧设计　609工坊

关注我们

官方微博：@文治图书

官方豆瓣：文治图书

联系我们：wenzhibooks@xiron.net.cn

图书在版编目（CIP）数据

我不会写小说 /（日）中田永一，（日）中村航著；伊之文译 . — 广州：花城出版社，2021.5
ISBN 978-7-5360-9411-6

Ⅰ . ①我… Ⅱ . ①中… ②中… ③伊… Ⅲ . ①中篇小说—日本—现代 Ⅳ . ① I313.45

中国版本图书馆 CIP 数据核字（2021）第 065687 号

合同版权登记号：图字 19-2021-073 号
BOKU WA SHOSETSU GA KAKENAI
©Kou Nakamura, Eiichi Nakata 2014, 2017
First published in Japan in 2014 by KADOKAWA CORPORATION, Tokyo.
Simplified Chinese translation rights arranged with KADOKAWA CORPORATION, Tokyo through BARDON-CHINESE MEDIA AGENCY.
本简体中文版翻译由新雨出版社授权

出 版 人：肖延兵
责任编辑：蔡　宇　欧阳佳子
技术编辑：薛伟民　林佳莹
装帧设计：609 工坊

书　　名	我不会写小说	
	WO BU HUI XIE XIAO SHUO	
出版发行	花城出版社	
	（广州市环市东路水荫路 11 号）	
经　　销	全国新华书店	
印　　刷	河北鹏润印刷有限公司	
	（河北省沧州市肃宁县工业聚集区）	
开　　本	880 毫米 ×1230 毫米　32 开	
印　　张	7.75　2 插页	
字　　数	144,000 字	
版　　次	2021 年 5 月第 1 版　2021 年 5 月第 1 次印刷	
定　　价	45.00 元